Kurd Laßwitz
Homchen

AF146107

epilog 5.004

Kurd Laßwitz *(1848–1910) war Naturwissenschaftler und promovierter Philosoph, zudem Autor einiger Sachbücher und zahlreicher utopisch-phantastischer Romane und Kurzgeschichten.*

Ronald Hoppe *(*1964) war Art-Director der IHK-Zeitschrift ›Berliner Wirtschaft‹ und Herstellungsleiter beim Shayol-Verlag. Als Layouter ist er u. a. für Klett-Cotta, Piper und Random House tätig.*

Kurd Laßwitz

Homchen

Ein Tiermärchen aus der oberen Kreide

Schriftreihe Epilog • Band 5.004
Herausgegeben von Ronald Hoppe

epilog.de

Bibliografische Information der Deutschen Nationalbibliothek:
Die Deutsche Nationalbibliothek verzeichnet diese Publikation
in der Deutschen Nationalbibliografie; detaillierte bibliografische
Daten sind im Internet über http://dnb.dnb.de abrufbar.

*Überarbeitete Neuausgabe der dem Original-Text folgenden und
vollständigen Online-Veröffentlichung auf epilog.de.*

Ausgewählt, redigiert und gestaltet von Ronald Hoppe
Erstveröffentlichung 1902 in der Märchensammlung ›Nie und Immer‹
Umschlagmotiv von Kurd Laßwitz
Herstellung und Verlag: BOD – Books on Demand, Norderstedt

ISBN: 978-3-7392-1562-4

Der Anfang des Originalmanuskripts.

Eine Skizze aus dem Originalmanuskript, die der Verfasser von Homchen angefertigt hat, und zwar laut Unterzeile ausdrücklich »nach einem Koala in Brehms Tierleben«.

Der kühne Kala

Es ist schon lange, sehr lange her.

Menschen gab es noch nicht. An ganz anderen Stellen als heutzutage standen die Berge, wogten die Flüsse und Meere, und selbst die liebe Sonne ging noch leichtsinniger mit ihren Strahlen um. Aber allmählich dachte sie doch daran, sich etwas häuslicher einzurichten.

Nach Osten öffnet sich die Mündung des mächtigen Stromes zu weiter, uferloser Bucht. Dort glüht der Himmel im Frührot, und bunte Streifen glitzern zwischen den dunklen Wogen. Am flachen, sumpfigen Ufer des Stromes beugen sich das Schilf und die hohen Gräser leicht unter kühlem Windhauch. Droben auf den angrenzenden Hügeln rauscht es in den breiten Wipfeln der Bäume. Buchen und Ahorn steigen dicht gedrängt hinter der Wiese an der Böschung empor. Darüber ragen hier und da die zackigen Äste einer Rieseneiche hervor, oder eine schlanke Pinie drängt sich in die Verschlingung des Laubwalds.

Aus den hohen Farnkräutern am Waldesrand hebt sich ein großer, schmaler, gelb und braun gesprenkelter Kopf. Ist es ein Vogel, eine Schlange, eine riesige Eidechse? Jetzt erscheint ein langer nackter Hals, und der Hals wächst immer weiter und weiter aus den Kräutern hervor, schon glaubt man, ein ungeheurer Vogel werde sich aufschwingen. Aber statt der Flügel kommen zwei kräftige Vorderfüße zum Vorschein, mit denen das Tier in der Luft hin und her fuchtelt. Es sperrt das gewaltige schnabelartige Maul weit auf und gähnt und gähnt …

Dann verschwindet es wieder zwischen den hoch wuchernden Blättern. Dort streckt es den mächtigen Krokodilschwanz nebst seinen vier Beinen und dem langen Straußenhals möglichst nahe am Boden aus, wobei der untere Teil seines Rückens wie ein massiger Berg in die Höhe ragt. Seine Kinnladen reiben sich rasselnd aneinander, denn es hält ein Selbstgespräch.

»Kalt, kalt, kalt!« So brummte der Iguanodon bei sich. »Die Welt wird immer schlechter. Ich muss noch mit dem Frühstück warten. Denn wenn ich den Hals ausstrecke, so friere ich. Kalt, kalt, kalt! Das ist so eine moderne Erfindung. In meiner Jugend, ich glaube, da gab's das gar nicht. Diese kalten Morgen sind gegen die Grundsätze der ältesten Drachengeschlechter. Was könnte man dagegen tun? Lächerlich, dass mir das Denken so schwer fällt! Mir, der ich … Guck' mich nicht so dumm an, elendes Kerbtier!«

Damit bohrte der Iguanodon wütend seinen langen Stacheldaumen mitten durch den Leib eines großen Skorpions, der eben aus seiner Höhle kroch. Der Skorpion sagte weiter nichts, denn es blieb ihm keine Zeit dazu übrig. Aber der Iguanodon knurrte weiter.

»Ja, ich will's euch zeigen, dass ich das klügste Geschöpf bin! Ich bin mir das schuldig. Ich gehe auf zwei Beinen, ich fresse kein Fleisch, ich bin kein dummes Wasservieh, ich bin kein roher Raubdrache, ich bin kein flattriges Lufttier, ich bin eine feine Riesen-Echse – ich bin mein Ideal! Warum sollte ich nicht denken können? Ich werde denken! Kalt, kalt, kalt! Was lässt sich dagegen tun? Wenn man so etwas hätte, wie dieses Moos, das man immer um seinen Hals tragen könnte, dann würde man nicht frieren. Ha! Ich glaube, jetzt denke ich, und zwar gut. Denn wenn ich den Hals in das Moos stecke, so ist es warm. Wenn ich aber frühstücken will, so muss ich ihn herausziehen. Das ist eben das Problem, das ist die Kältefrage. Wer die lösen könnte? Wahrscheinlich niemand, wenn ich es nicht kann. Denn ich bin der Iguanodon, ich bin das höchst entwickelte Lebewesen der Erde.«

Über dem Iguanodon, zwischen den Ästen der alten Buche, klang es wie ein leises Kichern. Ein Blatt schwebte herab und kitzelte den Iguanodon an seinem Auge.

»Was gibt es da oben? Das ist auch wieder eine neue Mode, davon steht nichts im alten Gesetz der Echsen, dass es Bäume geben dürfte, die ihre Blätter abwerfen.«

Der Iguanodon blickte in die Höhe. Ein breiter Zweig bewegte sich und ließ ein paar reife Bucheckern herabfallen, die seine Nase trafen. Da tönte wieder das leise Kichern und ein feines Stimmchen erklang:

»Homchen heiß' ich,
Emsen beiß' ich,
Mehr als alle Echsen weiß ich.«

Rasend vor Wut fuhr der Iguanodon mit seinem langen Halse in die Höhe, hinein in die Blätter der Buche, wo ein zierliches Geschöpf eilends und gewandt über die Äste hüpfte und von Baum zu Baum springend den Hügel hinaufflüchtete. Von der Ferne klang es noch:

»Pelzchen trag' ich,
Krällchen schlag' ich,
Mehr als alle Echsen wag' ich.«

Als der Iguanodon mit seinem Kopfe über die Kräuter des Waldrands hinausgefahren war, merkte er, dass die Sonne mit ihrer großen, glühenden Scheibe am Himmel stand und er nicht mehr am Halse fror. Da watschelte er auf seinen beiden riesigen Hinterbeinen in die feuchte Wiese hinein um zu frühstücken. Inzwischen war Homchen weiter hinauf auf die Waldberge gelangt, wo die Laubbäume aufhörten und die dunklen Nadelhölzer ihre harzigen Äste ausstreckten.

Es war ein lustiges Tierchen, nicht größer als ein dreijähriges Menschenkind. Kala nannte sich seine Sippe, und sie rühmte sich, die fortgeschrittensten Kletterbeuteltiere der Zeit darzustellen. Homchens Fell war mit dichten, weichen Haaren bedeckt, auf der Rückenseite bräunlichrot wie der Stamm der Fichte, unten gelblichweiß wie die Flechten am Baum. Aus dem großen Kopfe blitzten zwei kluge schwarze Augen, und um sie herum bildete das Fell einen weißen Ring, wodurch sie noch größer erschienen. Darunter saß ein schwarzes Stumpfnäschen, und in dem runden Mäulchen blitzten scharfe, weiße Zähnchen. An den Seiten des Kopfes bewegten sich kleine, hellbuschige Ohren und hinten am Rücken ein ganz kurzes Schwänzchen. Arme und Beine trugen Greiffüße mit richtigen Daumen, und an allen fünf Zehen saßen lange, krallenartige Nägel.

Homchen sprang behänd am Stamme einer hohen Fichte empor, deren Wipfel über eine Felswand hinausragte. Dort oben breitete sich eine buschige Fläche aus, und zwischen den Steinen wusste es eine Stelle, wo die großen schwarzen Ameisen wohnten, die so gut schmecken wie keine andre Art, denn sie haben so eine gewisse pikante Säure.

Eben war Homchen auf die Felsen hinüber gesprungen, da rasselte es hinter ihm in den Baumwipfeln, und ein großes Tier, drei bis viermal so lang wie Homchen, flatterte aus den Bäumen heraus und stürzte sich auf Homchen zu, indem es den Wolfsrachen mit seinen fürchterlichen Zähnen weit aufsperrte. Aber Homchen hatte schon am Geräusch des Fluges die drohende Gefahr erkannt und war schnell zwischen das dichte, niedere Gebüsch geschlüpft, wohin ihm das große Tier mit seinen breiten Flughäuten nicht sofort folgen konnte. Dort suchte der junge Kala nach einem bergenden Versteck. Er zwängte sich zwischen zwei Steine und wandte nur den Kopf nach seinem Verfolger.

Ja, es war der Hohlschwanz, der böse Hohlschwanz. Er saß auf einem Felsstück, das nahe bei Homchens Schlupfwinkel über das niedere Buschwerk hervorragte, und schlug mit seinem großen Krokodilschwanz wild in der Luft umher. Die Flughäute an den langen Vorderbeinen hatte er zusammengelegt und mit den Krallen wühlte er vor sich im Gebüsch, um es auszureißen. Dabei schrie er wütend:

»Wo steckst du? Ich weiß, dass du da bist. Diesmal sollst du mir nicht entgehen, frecher Beutler! Was hast du hier zu suchen im Sonnenschein?«

Homchen sah bald, dass es hier nicht sicher war. Wenn der Hohlschwanz weiter das Strauchwerk forträumte, so musste es bemerkt werden. Dann konnte er es mit seinen langen Armen leicht aus dem Versteck holen. Die Gefahr war groß. Aber Homchen war mutig und klug. Es wusste wohl, dass ihm nur die List helfen konnte.

»Hier bin ich«, rief Homchen ohne sich zu zeigen. »Was willst du von mir, dummer Hohlschwanz? Komm doch her! Deine Knochen sind ja so dünn, dass sie unter meinen Zähnen zerbrechen wie Nussschalen. Du hast nur Luft darin, du Windbeutel!«

»Jawohl, Luft hab' ich drin«, schrie der Hohlschwanz, »darum kann ich fliegen. Darum werd' ich euch alle fressen, ihr frechen Beutler, wie ich deinen Großvater und deine Vettern gefressen habe. Du denkst, weil ihr in den hohlen Bäumen des Waldes wohnt, da könnten euch meine erhabenen Verwandten, die Beherrscher des Meeres und des Landes, die mächtigen Riesenechsen nicht erreichen? Ihr könntet euch etwas herausnehmen? Ich kann fliegen, ich habe lange Greifarme, ich will in eure Schlupfwinkel dringen, ich werde euch ausrotten! Euch zuerst, naseweise Kala! Ich hole den Fisch aus dem Meer, die neumodischen Flieger hol' ich aus der Luft. Und Schuppen hab' ich auf der Haut!«

»Wir fürchten euch nicht!« rief Homchen wieder. »Kannst ja mit deinen breiten Flughäuten nicht zwischen den Baumästen hindurch! Wir bauen nicht so ins Freie. Mit euch ist's überhaupt aus, ihr Rieseneidechsen, ihr Drachenbrut – das sag' ich euch.

Homchen heiß' ich,
Emsen beiß' ich,
Mehr als alle Echsen weiß ich!«

»Hoho! Was willst du wohl mehr wissen als ich?«

»Soll ich dir's sagen? Wenn du mir versprichst, dass du mir nichts tust ...«

»Versprechen? Was ist das? Wenn ich dich fange, fress' ich dich, und vorher schüttle ich dich so lange an den Ohren, bis du mir alles gesagt hast.«

»O nicht doch! Ich fürchte mich ja so sehr, lieber Hohlschwanz. Alles kann ich dir nicht sagen.«

»Warum nicht?«

»Das von der roten Schlange ...«

»Was weißt du von der roten Schlange? Wo wohnt sie?«

»Das weiß ich nicht. Da musst du die Zierschnäbel fragen. Aber sie hat auch zu uns gesprochen.«

»Das glaub' ich nicht. Zu uns hat sie gesprochen. Vor tausend, tausend Jahren, wie man das mächtigste Tier werden kann. Und das sind wir.«

Homchen lachte wie eben Beuteltierchen lachen.

»Aber uns«, rief es, »hat sie gesagt, wie man noch mächtiger werden kann als alle Drachen…«

»Was?« brüllte der Hohlschwanz. »Mächtiger als ich? Vielleicht gar mächtiger als die Großechse? Das hat sie gesagt? Wie denn? Willst du mir's wohl gestehen? Das haben euch die Zierschnäbel vorgeredet!«

»Ihr Echsen sollt es nicht wissen.«

»Aber ich will es wissen, und wenn ich die rote Schlange selbst fressen sollte!«

Homchen schauerte zusammen. Was war der Hohlschwanz für ein abscheuliches Tier! Die rote Schlange fressen! Homchen verstummte, denn es war traurig, dass man so etwas sagen konnte.

Selbst die Käfer, die sich neugierig in der Nähe sammelten, erhoben ein unwilliges Gebrumm und viele flogen davon.

»Nun? Willst du reden?« schrie der Hohlschwanz.

»Ich kann doch nicht so schreien«, antwortete Homchen. »Ich muss dir näher kommen. Aber erst musst du den Kopf weiter herabbeugen und deine schönen Flügel ausbreiten; denn es darf uns niemand hören.«

Der Hohlschwanz streckte den langen Hals aus und legte die Arme mit den breiten Flughäuten flach auf den Boden. Inzwischen schlüpfte Homchen ganz leise und geschwind unter den Büschen heran, und mit dem kühnen, weiten Sprung, der es von Wipfel zu Wipfel trug, sprang es von der Seite auf den Kopf des Raubtiers und schlug mit aller Kraft seine Krallen in die beiden Augen. Da wurde der Hohlschwanz sinnlos vor Schmerz, aber weil er nichts sehen konnte und halb betäubt war, wagte er Kopf und Flügel nicht zu bewegen, sondern schlug nur in blinder Wut mit dem eignen langen Schwanze nach seinem Kopfe. Doch Homchen war schon herabgesprungen und krallte sich von unten, wo keine Schuppen saßen, an den Hohlschwanz und biss mit den scharfen Zähnen die Adern und Sehnen des Schwanzes durch. Und nun lag der Hohlschwanz ohnmächtig da und verblutete sich.

Und ein Summen der Käfer ging durch die Lichtung und zog sich weiter und weiter klingend durch die Luft, oben über die Bergheide und drunten zum Walde.

Homchen kletterte stolz im Schutze des Strauchwerkes zwischen den Felsen umher und tat sich an den Ameisen gütlich, denn es war hungrig geworden.

Von der Heide her aber kam ein junger Hohlschwanz, und als er den alten machtlos daliegen sah, stürzte er sich auf ihn, zerriss ihn mit seinen Zähnen und fraß ihn halb auf.

Der alte war zwar sein eigener Vater, aber das verschlug dem jungen nichts. Er kannte ihn gar nicht.

Die Jugend des Urwaldes

Im dichten Urwald, wo die Sonne nicht eindringen konnte, auf dem Ast vor der Höhlung des alten Eichbaums, saß Homchens Mutter und spähte ängstlich nach allen Seiten.

»Wo bleibst du denn, Frau?« rief Knappo, der Vater, aus dem behaglichen Neste im Baum. »Es ist Zeit, schlafen zu gehen. Denn es dämmert grün im Laube, und die Sonne muss schon hoch stehen.«

»Homchen ist noch nicht da«, antwortete Mea.

»Ei, ei! Wo treibt sich der Schlingel wieder herum? Ich habe ja immer gesagt, du hast ihn zu früh aus dem Beutel entlassen.«

»Du weißt doch, was es mit ihm auf sich hat.«

»Nun ja, dass er ein Fellchen mit auf die Welt gebracht hat …«

»Und jetzt ist er doch wirklich alt genug. Und er ist so klug!«

»Wenn ihm nur nicht etwas zugestoßen ist.«

»Er sieht so gern die Sonne aufgehen, und dann sucht er die Ameisen oben am Berge.«

»Das soll er bleiben lassen. Oben am Berge jagt der Hohlschwanz. Der Junge ist noch zu unvorsichtig. Er soll am Morgen zu Hause sein.«

Papa Knappo zog sich brummend tiefer ins Nest zurück, um zu schlafen. Aber es wollte nicht gelingen. Immer lauschte er nach außen, ob Homchen nicht käme.

Und draußen auf dem Aste kauerte Mea, Homchens Mutter, und ließ die runden Äuglein umhergehen und spitzte die zierlichen Ohrbüschel. Aber sie hörte nichts als das Summen der Insekten.

Und höher stieg die Sonne und wärmer wurde es Mea in ihrem dicken Pelzchen.

Sss-Sss-Sss klang es von den Käfern und Fliegen. Die fühlten sich immer wohler, je näher der Mittag rückte, und wurden immer lebendiger. Aber es war Mea, als läge etwas Besonderes in diesem Summen, anders, als es sonst zu tönen pflegte – als wär' es ein Geflüster, mit dem das Gerücht durch die Täler schreitet.

Und lauter und lauter klang es, und hier und da wachten die Nachttiere auf; die im Walde wohnen, die Fledermäuse und die Kletterbeutler und die Kala von Homchens Sippe, und streckten verschlafen die schwarzen Nasen aus den Baumlöchern.

Mea aber klopfte das Herz in Angst um Homchen.

Papa Knappo kam auch wieder aus dem Neste und brummte:

»Ich kann nicht schlafen! Wo bleibt der Junge?«

»Mir ist so bang«, klagte Mea. »Hörst du nicht, was die Tiere summen? Bald klingt es wie Hohlschwanz, bald klingt es wie Homchen. Oh, wenn nur nicht...«

»Kannst du sie nicht fragen, was sie meinen?«

»Ja, sobald ich einen Bekannten sehe. Aber diese leichtsinnigen Schwirrflügler halten ja nicht still – sss – und vorbei sind sie. Sollten wir nicht die Nachbarn rufen und Homchen suchen gehen?«

»Jetzt, am hellerlichten Tage? Wie dürfen wir uns aus dem Walde wagen? Aber ich will doch einmal zum Graukopf hinüber, vielleicht weiß er etwas davon, wo Homchen hingeklettert ist.«

Knappo machte sich zum Ausgang zurecht.

Da raschelte es in den Zweigen, und der Nachbar Graukopf kam selbst, und mit ihm die vornehmsten Säuger des Waldes, soweit sie auf die Bäume steigen konnten. Der Kufu kam gekrochen und hing sich an seinem langen Schwanze recht bequem an einem Aste auf; die niedliche Flugmaus schwirrte herbei, und auch der kleine, kluge Kletterigel, der die Haare zu scharfen, steifen Stacheln zusammengedreht trug, stieg vorsichtig an der Eiche herauf. Nur der große Taguan kam nicht, weil er bei Tage prinzipiell nicht ausgeht, und Tafa, das Beutelbilchen, durfte nicht kommen, denn es hatte den guten Talp, den Maulwurf, in seiner Höhle erbissen und war verbannt wegen seines Blutdurstes.

Graukopf setzte sich auf die Hinterbeine, richtete sich gerade auf, streckte die Vorderpfoten ein wenig vor und bewegte die Daumen an seinen Händen hin und her, wie es der Iguanodon zu machen pflegte. Als er sich nun vornehm genug vorkam, begann er mit ernster Miene zu reden:

»Meine werten Mitbeutler und insbesondere mein lieber Vetter Knappo! Als Ältester der Kala…«

»Mach' keine so lange Vorrede«, brummte der Igel. »Siehst du nicht, dass Mea sich ängstigt?«

»Ich wollte gerade«, sagte Knappo.

»So rede doch! Weißt du etwas von Homchen?« rief Mea dazwischen.

»Das ist es eben«, sprach Graukopf bedächtig, indem er die Daumen dreimal nach links drehte, »könntest du mir nicht darüber Bericht erstatten, wo dein Sohn Homchen hingegangen ist?«

»Ja, wenn wir es wüssten!« antwortete Mea. »Er ist am Morgen nicht nach Hause gekommen. Mir zittert das Herz! Was schwirren die Lufttiere durch den Wald?«

»Gerüchte, Gerüchte aus dem Sumpf! Gerüchte, schlimme Gerüchte von der Berghalde! Aufruhr! Aufruhr!«

»Aufruhr? Gegen wen? Von wem?«

»Aufruhr gegen die großen Echsen, die Herren der Schöpfung. Aufruhr durch euren Sohn Homchen!«

»Mein Homchen? Mein gutes Homchen? Was soll er getan haben?«

»Den Iguanodon«, und Graukopf bewegte ehrfürchtig die Daumen auf und nieder, »den großen Iguanodon hat er verspottet durch seinen Spruch. Den Hohlschwanz

– die rote Schlange bewahre uns – hat er verhöhnt und beschimpft. Brimm, der Käfer, hat es gehört, entsetzt ist er davon geflogen, und nun summt es der Wald.«

»O der Schlingel!« seufzte der Vater. »Siehst du, ich habe es immer gesagt…«

»Jawohl, er gehört in den Beutel!« schalt Graukopf.

»Ach was!« rief Mea. »Wenn wir nur wüssten, wo er ist!«

»Jetzt können wir ihn nicht suchen«, pfiff der Kusu schläfrig durch die Zähne.

»Hast du ihn nicht gelehrt«, fragte Graukopf Homchens Vater, »was die rote Schlange den Säugern gebietet?«

»Freilich hab' ich's gelehrt, das Gesetz des Meeres und Moores, das Gesetz des Waldes und der Berge, das Gesetz der Echsen und der Säuger.«

»Und dass die großen Echsen die Herren sind der Welt? Und dass sie nehmen können, was sie erreichen? Und dass wir Säuger nicht bei Tage den Wald verlassen dürfen?«

»Alles hab' ich gelehrt.«

»Aber Homchen glaubt's nicht, er hat es nicht geglaubt«, rief die Flugmaus. »Ich hab' es selbst gehört, wie er sich rühmte, er wisse mehr als alle Echsen. Und er hat davon gesprochen, die Herrschaft der Echsen sei ein falsches Gesetz, und die rote Schlange wolle, dass die Säuger mächtiger werden als alle Echsen.«

»Oh, oh! Quih, quih!« klang es im Kreise der Beutler.

Nur der Igel brummte: »Recht hat er, der Junge.«

Graukopf sah ihn entsetzt an.

»Was redest du da, du Borstiger! Willst du, dass wir's mit den Echsen verderben? Soll der Iguanodon unsere Bäume abweiden? Soll der Hohlschwanz uns fressen? Soll der Großdrache uns alle töten?«

»Und dennoch ist's wahr.«

»Und wenn's wahr wäre. So was kann man denken, aber man darf es nicht aussprechen.«

»Ich fürcht' mich nicht.«

»Ja, du sitzest in deiner Höhle in der Stachelhaut.«

»Und eure Jungen brauchen sich auch nicht zu fürchten. Und die rote Schlange wird mit ihnen sein. Statt sich in den Beutel zu verkriechen, sollten sie hübsch beizeiten draußen herumspielen. Statt sich in der Nacht zu verstecken, sollten sie im Lichte sich umschauen. Haben wir nicht Augen? Haben wir nicht warmes Blut? Sind wir nicht klug?«

»Warum tust du's nicht, wenn du so klug bist?«

»Ja, ich kann leider nur klug sein. Aber wenn ich ein Kala wäre, wie ihr, mit so schönem Fell, mit so starken Armen und Beinen, so groß und geschwind …«

»Ja, ja, wir wollen hinaus!« so klang es im Hintergrunde. Von allen Seiten guckte es aus den Baumlöchern und von den Ästen. Die jungen Kala hatten sich neugierig herbeigeschlichen, und während der Rede des Igels hatten sie sich mehr und mehr genähert. Und nun brachen sie in Beifall aus.

Da fuhr Graukopf zornig in die Höhe, und die alten Kala und all die kleineren Beutler schrieen und schalten:

»Ihr grünen Jungen, was wollt ihr? Wo sind eure Mütter? Macht, dass ihr in die Nester kommt! In die Beutel mit euch! Und du, Igel, schäme dich, dass du hier Aufruhr anstiftest.«

»O Schlange, rote Schlange«, seufzte Mea, »wo mag mein Homchen sein?«

Schon zogen sich die jungen Beutler eingeschüchtert zurück, da hörte man die Insekten lauter und lauter summen, und in der Ferne klang es wie ein seltsames Pfeifen und Rauschen in den Ästen, als wenn viele Tiere durch die Baumkronen jagten.

Entsetzt blickten sich die Alten an. Kam schon der Hohlschwanz, um seine Rache zu nehmen?

Da schoss eine Libelle in raschem Fluge zwischen den Stämmen durch und schwirrte:

»Wald soll es wissen:
Hohlschwanz erbissen!
Liegt auf der Halde blutig zerrissen.«

Und noch hatten sich die Alten von ihrem Schreck nicht erholt, da sahen sie, wie die jungen Kala fortstürzten – aber gleich kamen sie zurück mit vielen anderen, Hunderte und Hunderte sprangen zwischen den Ästen und schwangen sich von Baum zu Baum, die Blätter rauschten, die Früchte prasselten herab, grau und braun und rot und weiß leuchtete es zwischen den Zweigen, und selbst unten auf dem Boden kamen die Springhasen gehüpft, und die Ratten huschten unter dem Laube, und überall klang und rief und jubelte es:

»Hohlschwanz ist tot! Hohlschwanz ist tot! Wer hat den bösen Hohlschwanz getötet? Homchen, Homchen hat ihn erbissen! Homchen besiegte den Hohlschwanz! Hoch lebe Homchen, der tapfere Kalasohn! Nieder mit den Echsen!«

Mitten in dem dichten Schwarm hüpfte Homchen, ob er nun wollte oder nicht. Im Triumph wurde er nach Hause geführt.

Mea stürzte ihm entgegen und umarmte ihn. Aber Knappo, der Vater, rief:

»O du ungeratener Sohn, was hast du getan? Du stürzest uns alle ins Unglück! Geh hinein, hinein in das Nest, und lass dich nicht wieder draußen sehn!«

Da murrten rings die jungen Beutler, aber die Alten waren nun auch alle herbeigekommen und trieben sie auseinander.

Homchen jedoch schwang sich auf einen höheren Ast und rief:

»Nun seid mir nicht böse, Vater und Mutter, aber ich habe den Hohlschwanz besiegt, die grimmige Flugechse, die mich angriff, die die rote Schlange lästerte, ich habe sie getötet! Nun hab' ich das Recht der Kala erworben, nun kann ich wohnen im eigenen Nest.«

»Ein Aufrührer bist du!« rief Graukopf. »Wohl hast du das Recht der Kala erkämpft, aber dafür musst du auch Rechenschaft geben nach dem Rechte der Säuger. Du hast verletzt die Gebote der roten Schlange, du hast den Wald bei Tage verlassen und gegen die Herrn der Schöpfung dich aufgelehnt. Du hast dich gerühmt der Weisheit der roten Schlange.«

»Ja, das tat ich«, rief Homchen. »Aber nun darf ich singen:

Homchen heiß' ich,
Echsen beiß' ich,
Mehr als alle ...«

»Quih! Quih!« tönte es von allen Seiten. »Echsen darf man nicht beißen! Was wagst du zu singen! Die rote Schlange wird dich strafen. Wir aber wollen deinen Frevel nicht dulden! Fi! Fi! Fi!«

Und Graukopf erhob sich majestätisch, streckte die Arme aus und sprach:

»Weil du verletzt das Gesetz der Säuger und dich hochmütig rühmst verbotener Tat und Weisheit, Homchen, des wackeren Knappo leichtsinniger Sohn, so bann' ich dich vom Walde, so trenn' ich dich von der Sippe, so heiß' ich dich zu wandern vom Stamme der Kala!«

»Wir bannen dich!« riefen die Kala alle. »Fi, Fi, Fi! Wir bannen dich, bis du die rote Schlange versöhnt hast. Fliehe! Quih! Quih! Fi!«

Homchen saß stumm und erschrocken. Es konnte nicht reden. Denn das »Fi« der alten Kala stak ihm in der Kehle wie eine harte, bittere Zapfennuss.

Da kam Mea herbei und Homchen schlug seine Arme um ihren Hals.

»Komm wieder zu mir, in unser Nest, dann darfst du hier bleiben, mein süßes, tapferes Homchen!« So schmeichelte die Mutter.

Homchen schmiegte sich an sie. Dann riss er sich los und sagte mit stockender Stimme:

»Das geht nicht mehr, o Mutter! Der Hohlschwanztöter kann nicht bei dir bleiben. Lebe wohl! Du wirst mich wiedersehen. Denn ich weiß, was keiner weiß, weder von den Echsen noch von den Säugern. Die rote Schlange zürnt mir nicht. Sie wird mir helfen, und euch! Das werdet ihr sehen! Leb' wohl!«

Das Neue

· ·

Vom Walde nach Abend zu liegen die kahlen Hügel, und hinter ihnen dehnt sich unabsehbar das Drachenmoor. Da hausen, bald im Wasser, bald im Schlamm, bald auf den breiten Uferbänken und den weiten Strandwiesen die Riesenechsen, die sich die Herren der Schöpfung nennen. Da blickt der funkelnde, schuppige Rückenkamm des Stego über die hohen Farnkräuter hervor, die er abweidet. Da lauert der furchtbare Riesendrache, das schreckliche Ungeheuer, das selbst den Stego und den biedern Iguanodon angreift, der Raubherr zu Wasser und zu Land, die Großechse, sitzend auf die Beute ...

Jetzt haben sich die Echsen in ihre Schlupfwinkel zurückgezogen – sie frieren. Denn kühl und klar über Wald und Hügel, über Moor und Meer schreitet die Nacht mit ihren Sternen.

Nicht unsere Sterne – es gibt keine ewigen Sterne. Wie viele sind verschwunden, wie viele neu aufgeglommen, seit die Riesenechsen ihre Fußspuren dem Uferschlamm eindrückten. Und die alten stehen nicht mehr an ihrem Platze. Kein Sternkundiger würde sie wiedererkennen. Denn die Sonne ist seitdem weit gewandert im Weltraum ... und mit ihr wanderte die Erde, wanderten die Begleiter. Und dort im Westen, nahe am Horizont, leuchtet der Nachbar der Erde, den wir den Mars nennen. Noch ist er nicht so rot, wie er heute erscheint, aber jetzt, da er in die Nebel herabsinkt, glänzt er rötlich, als ahne er seine Zukunft ...

Zusammengekauert auf dem abgestorbenen Aste der letzten Eiche am Waldesrand sitzt Homchen und starrt mit den nachtoffenen Augen auf den sinkenden Stern. Und ängstlich schlägt das kleine, noch jüngst so stolze Herz, als der Stern tiefer und tiefer sich neigt. Wollte die rote Schlange heute nicht zu ihm sprechen, heute, wo es so fest darauf vertraute? Wohnte sie nicht auf dem Sterne? Da drüben gen Abend musste sie wohnen, dahin wandern Sonne, Mond und Sterne, und alle glänzen sie rot, wenn sie niedergehen.

Und von den Sternen her hatte die rote Schlange zu ihm gesprochen. Nicht gar lange war's her – zwei Monde vielleicht. Homchen wusste es genau. Es war der erste Abend gewesen, dass es sich soweit durch den ganzen Wald bis auf die Hügel im Westen gewagt hatte. Da hatte es hier gesessen und über das weite Moor nach dem Sterne geschaut. Und es war ihm etwas geschehen, was es nie erlebt hatte, etwas Wunderbares, Weites, Großes. Es war nicht wie die süße Nuss zwischen den scharfen Zähnen, nicht wie die würzige Ameise an der Zunge. Es war auch nicht warm wie die Sonne, oder lieblich wie der zärtliche Nestruf der Mutter. Es war nicht wie der frohe Schwung zwischen den Ästen, nicht wie die packende Kraft der krallenden, fassenden Glieder – es war anders, ganz anders. Wie mochte man's nennen?

Das Meer war fort und das Moor war fort, und die großen Echsen waren nicht mehr. Sie waren geflohen vor Homchen und seinen Freunden. Und Homchen schritt aufgerichtet einher, stolzer noch als der Iguanodon, und die Tiere des Waldes fürchteten sich vor ihm. Also war's doch nicht richtig, was die Alten lehrten, dass die Echsen die Herren der Schöpfung seien. Die rote Schlange hatte es gesagt? Aber jetzt waren die Echsen fort und die Kala herrschten – oder auch nicht die Kala – etwas anderes, Besseres, aber doch wieder wie die Kala, nicht wie die Echsen. Die rote Schlange konnte nicht lügen; woher konnte Homchen nun wissen, dass es etwas noch Mächtigeres geben könne als die Echsen? Die rote Schlange selbst musste es ihm gesagt haben. Ja, es konnte nur die rote Schlange sein, die so zu ihm sprach, als es in den roten Stern blickte.

Und das Wunderbare wurde eine Macht, eine große, geheimnisvolle Macht in Homchen. Wie können wir rechtlos sein und Sklaven der Echsen, wenn die rote Schlange so zu uns spricht? Wie sich das alles in mir bewegt! Dort ist ja das Moor und dort knarren die Echsen im Schlafe mit ihren Schuppen. Aber nun blick' ich wieder in die Sterne und sehe eine andere Welt. Ich kann machen, dass die Dinge verschwinden. Und ich kann machen, dass alles ganz anders vor meinen Augen ist. Was muss ich tun, damit die anderen das alles sehen, wie ich es sehe?

Rote Schlange, o gib, dass ich es ihnen zeige!

Gib mir, dass ich weiß, wie die neue schöne Welt zu bauen ist, wo das Moor nicht herrscht und nicht die Echsen!

Zeige mir den Weg zu deinem Sterne!

So hatte Homchen gedacht. Und dann war es am Morgen wieder hinausgegangen und hatte nach der Sonne geschaut, und es hatte sich nicht mehr vor dem hellen Lichte gefürchtet, Immer freier und froher sprang es umher und übte den Blick und übte Sprung und Schlag und Biss und rief mutig hinaus: »Mehr als alle Echsen weiß ich!« Und:

»Pelzchen trag' ich,
Krällchen schlag' ich,
Mehr als Echsen wag' ich.«

Und dann kam der Morgen, da es den Hohlschwanz tötete ...

Nun saß es hier und harrte auf das Wort der roten Schlange. »Mehr als alle Echsen weiß ich« – das ist wohl wahr. Aber es wusste doch nur, dass es über den Echsen etwas gibt, wodurch die Kala, die kleinen Säuger, einst die Herren der Schöpfung werden können. Was das sein mochte, wie das sein konnte, das wusste es nicht. Das wollte es von der roten Schlange hören.

Und die rote Schlange sprach heute nicht. Der Stern sank hinter die Nebel. Zürnte sie Homchen?

Wo wohnte sie? Wo konnte man sie finden? Wenn es möglich wäre über das große Moor zu gelangen und immer weiter den Sternen nach? Oder wenn ihm jemand den Weg sagen könnte? Wenn einmal die Zierschnäbel kämen – die wissen es, aber sie sagen es nicht. Und niemand weiß, woher sie selbst kommen ...

Gleichviel, Homchen wollte zur roten Schlange.

Nun schlüpfte es vom Ast herab. Aber wohin? Wie konnte man über das Moor?

Da hörte es hinter sich ein Rascheln in den Ästen.

Gewandt und schnell flog ein Tier zwischen den Baumkronen einher. Homchen erkannte bald den Taguan, das fliegende Beuteltier, das heute bei der Versammlung gefehlt hatte. War er sein Feind oder nicht? Wusste er, dass Homchen gebannt war? Aber hier war nicht der Heimatwald, hier durfte ihn kein Beutler vertreiben. Was wollte der Taguan hier?

Da kam Homchen ein Gedanke. Der Taguan konnte fliegen, besser als der Hohlschwanz, fast besser als die fremdartigen Geschöpfe mit den weichen Haarschuppen, die sie Federn nannten. Er kam weit herum in der Welt. Bei Tage hing er in seiner Höhle und war faul, und die Tiere sagten, er sei sehr dumm.

Aber Homchen glaubte nicht mehr, was die Tiere sagten. Das war eben das Seltsame, seitdem die rote Schlange zu ihm gesprochen – Homchen vertraute auf etwas, das es nicht begriff, aber das viel mächtiger in ihm sprach als die Stimme der Tiere. Und das Mächtige in ihm sagte: Ein großer, starker Beutler, der in der Nacht so schnell durch die Luft saust, der so geschickt im Fluge sich dreht, der bald hier ist und bald da und seine Beute ergreift – wie kann der dumm sein? Er muss ja viel mehr gesehen haben als wir, die wir nicht fliegen können. Und wenn er des Tages nicht hinausgeht, so tut er das vielleicht aus Klugheit. Wo anders mag er's wohl anders halten. Oder mag er auch bei Tage dumm sein, bei Nacht ist er jedenfalls klug. Ich werde ihn fragen.

»Taguan! Taguan!« rief Homchen.

Der Taguan erkannte es sogleich an der Stimme.

»Hik! Du bist es, Homchen? Weißt du, dass ich dich suchte? Am Tage bin ich nicht zu sprechen, sonst hätt' ich mit dem Igel protestiert, dass sie dich bannten. Ich wünsche dir Glück, tapferer Kala. Du hast die Ehre der Säuger gerettet.«

»Ich danke dir, kluger Taguan. Ich möchte dich um deinen Rat fragen.«

»Es ist mir recht, wir können manches besprechen. Komm mit mir, wir wollen den Igel besuchen, er hat sich eine hübsche Wohnung gebaut. Nicht in unserem Walde, sondern auf den Hügeln. Er will auswandern. Komm mit!«

Homchen musste tüchtige Sprünge machen, um dem Taguan folgen zu können, obgleich er jetzt nur langsam von Gipfel zu Gipfel am Waldrande hinflog. Er führte Homchen südwärts in eine Gegend, wohin es noch nie gekommen war. Es wusste gar nicht, dass hier das Hügelland immer breiter wurde, das den Wald vom Moore trennte. Nun ging es vom Walde fort über ein weites, offenes Plateau, das mit hohem Grase bedeckt war; dazwischen lagen verwitterte Felstrümmer. Während der Taguan sich von Felsstück zu Felsstück schwang, war der Weg recht beschwerlich für Homchen. Doch er war nicht mehr lang.

Unter einem hohl liegenden Felsblock hatte sich der Igel aus trockenem Grase ein schönes, geräumiges Nest eingerichtet.

Dort schlüpften sie hinein.

Die Weisen der oberen Kreide

. . . .

»Es ist recht gemütlich bei dir«, sagte der Taguan zum Igel. »Schade, dass man sich nicht ein bisschen am Schwanze aufhängen kann. Aber dafür hast du nicht das Bedürfnis?«

»Nein, ich rolle mich lieber«, antwortete der Igel. »Es ist mir sicherer.«

»Bei deinem Schwänzchen allerdings. Aber ob es das richtige Prinzip ist? Obgleich ich zugeben muss, dass unser tapferer Kala trotz seines Kurzschwanzes den Hohlschwanz besiegt hat.«

»Vielleicht gerade darum«, sagte der Igel.

»Warum hast du denn den Wald verlassen«, fragte Homchen.

»Ich ging schon immer mit dem Gedanken um«, sprach der Igel. »Dass sie dich gebannt haben, hat die Entscheidung gegeben. Wir müssen gegen die Echsen ankämpfen. Du hast das Richtige gezeigt. Aber drinnen im Walde versteh'n sie es nicht. Hinaus müssen wir! Ich kann nun freilich mit den Echsen nicht anbinden. Ich bin ein unglückliches, ein verfehltes Tier. Aber in den Wald tauge ich auch nicht. Ich kann nicht mehr ordentlich klettern. Nicht weil ich zu alt wäre. Ich bin noch in meinen besten Jahren. Aber es liegt in uns Igeln – wir haben unseren Beruf verfehlt, wir haben uns zu sehr auf die Defensive beschränkt.

Meine Kinder können schon schlechter klettern als ich, meine Enkel noch weniger. Unsre Nachkommen werden es ganz verlernen. Sie werden gar nicht mehr auf die Bäume können. Es ist schade! Wir sind in eine Sackgasse geraten und werden es nicht weiter bringen als bis zum Igel. Sehr schade, denn sonst… wir haben Anlagen. Es könnte etwas daraus werden, wenn sie auf dem richtigen Wege entwickelt würden.«

»Und wie denkst du dir denn diesen Weg?« fragte Homchen bescheiden.

»Ich meine nämlich auch«, setzte es hinzu, »dass es mit den Säugern einmal viel besser steh'n wird, aber ich weiß nicht, was wir dazu tun können.«

»Das ist nicht leicht zu sagen, mein tapferer Kala«, sagte der Igel. »Ihr müsst freilich erst auf dem Wege der Igel noch ein Stück fortschreiten, dann aber unsre Fehler vermeiden. Du wirst zugeben, dass die Igel die klügsten Tiere sind.«

Homchen nickte mit dem Kopfe, der Taguan sagte aus Höflichkeit nichts.

»Das Denken«, fuhr der Igel fort und blinzelte mit seinen Äuglein, »das Denken ist die Hauptsache, das Denkorgan entwickeln. Aber wie? Wie soll man das machen? Das möchtest du wissen? Nun – unter uns gesagt – es hört uns doch niemand? Nun, Homchen, du bist ja jetzt auch erwachsen. Nämlich, wie soll ich sagen, ihr Beuteltiere müsst über euch hinauswachsen, ihr müsst etwas Höheres werden. Mit einem Worte: Ihr müsst den Über-Beutler züchten!«

»Den Über-Beutler?«

»Ja, den Über-Beutler.« Der Igel blickte mit erhobenem Schnäuzchen stolz um sich. »Das ist es! Warum fürchtet ihr euch denn vor den Echsen? Warum traut ihr euch nicht ins Tageslicht? Warum bleibt ihr Sklaven der Nacht, Leibeigene der Überlieferung? Warum werdet ihr keine Herrenseelen? Weil ihr den Beutel habt! Weil ihr grün zur Welt kommt wie junge Eicheln, und von der Mama herumgetragen werdet, statt frei umherzulaufen und die liebe Sonne zu sehen. Fort mit dem Beutel! sag' ich. Wenn ihr geboren würdet wie unsre Kleinen mit einem ordentlichen Fellchen und ordentlichen Gliedmaßen, da würdet ihr einmal sehen, wie man fortschreiten kann. Da würde die Pflege eurem Gehirn zu gute kommen, da würdet ihr eure eignen Gedanken haben, da würdet ihr werden, was wir eigentlich schon sind – der Überbeutler! Und der ist der Herr der Zukunft! Und du, Homchen, du bist der Anfang dazu. Ich will dir's verraten: du bist mit einem Fellchen zur Welt gekommen. Du bist der Überbeutler – nenne mich Onkel!«

»Du bist sehr gütig, lieber Onkel«, bemerkte Homchen. »Was du sagst, könnte mir wohl einleuchten. Aber warum seid ihr da nicht schon unsre Herren geworden?«

»Das ist ja eben das Unglück«, antwortete der Igel wehmütig, »das ich schon andeutete. Wir sind nur Herrenseelen, aber keine Herren. Wir sind Überbeutler nur in der Anlage; wir können unsre Begabung nicht durchsetzen. Den Beutel sind wir los, die Faulheit ist geblieben. Darum vermögen wir armen Igel alles nur in der Phantasie. Und nun will ich dir meine letzte Weisheit sagen: Sei ein Überbeutler, aber hüte dich vor dem Winterschlaf!«

»Also das ist euer Abweg?«

»Ja! Träumen und Schlafen! Ach, wie das selig macht. Aber es fördert nicht weiter. Ihr Kala habt das Zeug zum Überbeutler. Geratet nicht auf die Abwege des Igels. Klettert auf den Bäumen umher, trotzt dem Tage und – trotzt dem Winter! Dass wir's nicht taten, war unser Unglück. Ihr wisst, es ist jetzt viel schlimmer, als es früher war, und es wird noch immer schlimmer werden. Wenn die Sonne nicht mehr so hoch hinaufsteigt, wird es nun alle Jahre kälter. Die Bäume werfen ihr Laub ab und am Morgen könnt ihr weiße Streifen an den Zweigen sehen. So erzählt man mir. Da haben wir Igel gefroren und uns eingegraben und geschlafen. Und so sind wir in die Sackgasse geraten. Ihr aber müsst dem Winter trotzen, denn den können die Echsen nicht vertragen. Und dadurch könnt ihr ihnen überlegen werden. Das ist so meine Idee!«

Homchen staunte den weisen Igel ehrfürchtig an. Wie das weiter werden sollte, verstand es zwar nicht, aber es offenbarte sich ihm doch eine Aussicht. Sprach die rote Schlange vielleicht heute aus dem Igel?

Da räusperte sich der Taguan.

»Mein weiser Igel«, sagte er, »im Ziele hast du ganz recht. Es ist zwar ein Geheimnis, aber wer's versteht, der kann's vernehmen im Windeswehn und Blätterrauschen: Die Echsen müssen fort. Eine neue Welt wird kommen, in der kein Platz ist für dies rohe Riesengeschlecht der Drachen, eine schönere Welt, in der es nicht knarrt und klappert von Knochenschilden und Schuppen, eine Welt, in der es singt und jubelt und weich sich anschmiegt und farbig glänzt wie die zarten Wolken im Morgenrot.«

»Wie schön du das schildern kannst, o Taguan!« sagte Homchen bewundernd.

»Ja«, nickte der Taguan, »das können wir. Und das kommt daher, weil wir fliegen. Der Igel hat recht, es gibt eine Entwickelung nach oben ... verstehe, nach oben! Er hat aber nicht recht in dem Wege, wie er sich diesen Fortschritt denkt. Er spricht von dem Überbeutler. Nun gut, wenn ihr das werdet, so müsst ihr doch immer noch eure Jungen säugen. Und wenn ihr ein warmes Pelzchen gegen die Kälte habt, so müsst ihr doch immer kämpfen mit der Not des Winters und mit den Feinden der Säuger. Ich will euch ein größeres Wort sagen als ›Überbeutler‹! Übersäuger müsst ihr werden. Nicht unter den Baumkronen zu hüpfen müsst ihr euch begnügen, über die Wipfel müsst ihr euch erheben im Fluge. Schwingen müssen euch wachsen, Flieger müsst ihr werden.«

»Phantast!« brummte der Igel.

»Erlaube«, entgegnete der Taguan. »Ich bin in der Welt weit herumgekommen. Was ich meine, ist nicht ein rohes Echsenvieh, wie der Hohlschwanz, auch nicht ein Flattertier, wie unsereins, auch nicht so ein elendes summendes Kerbtier wie Brimm, der Käfer. Es ist etwas Höheres. Weit im Süden hab' ich Tiere gesehen mit langen Hälsen und Schnäbeln an den Köpfen, doch nicht wie der Iguanodon und die Zierschnäbel trugen sie den langen Echsenschwanz, sondern ein weicher, bunter Schweif wehte ihnen nach. Und sie hatten nicht Flughäute, wie wir sie kennen, sondern die ganzen Arme waren besetzt mit weichen Borsten, die nannten sie Federn. Und damit flogen sie hoch in die Luft, und kein Hohlschwanz konnte sie einholen. Und mit dem Schnabel konnten sie nicht bloß quietschen, sie konnten ordentlich zwitschern, etwa so: Piep, piep, trillirillirillipiep!«

Der Taguan brachte eine Reihe furchtbarer Quiektöne hervor, so dass Homchen und der Igel vergnügt lachen mussten.

»Nicht wahr, das gefällt euch?« sagte der Taguan stolz. »Und dabei kann ich's noch nicht einmal ordentlich nachmachen. Ja, mein Ideal sind die Vögel, die singenden Flieger.«

»Ich mag das ja nicht recht verstehen«, begann Homchen bescheiden, »aber ich begreife überhaupt nicht, wie wir so etwas machen sollen, dass uns Flügel wachsen. Wir können uns wohl üben in Kampf und Denken, dass wir stärker und klüger werden als die Echsen, aber unseren Leib können wir doch nicht...«

»Liebes Homchen«, sagte der Taguan, »wir können's freilich nicht. Aber so ist's auch nicht gemeint, dass wir etwa nächstes Jahr mit den Echsen aufräumen. Viele, viele Geschlechter müssen hingehen, bis wir uns so umgewandelt haben, wie ich sage. Wenn du dich übst im Springen und Denken, so änderst du dabei doch auch deinen Leib, und wenn das nun von Kind zu Kind immer so fortgesetzt wird...«

»Aber dafür ist's für uns zu spät, was das Fliegen anbetrifft«, rief der Igel. »Jetzt müssen wir auf unserem Wege weiter...«

»Na, na, Igel! Das mit den Jungen, die schon alt auf die Welt kommen, ist doch Unsinn. Da wär's schon besser, wenn wir Eier legen könnten...«

»Das ist mir zu arg!« quiekte der Igel entrüstet. »Da würden wir ja auf den Echsenstandpunkt zurücksinken. Gerade darin liegt der Fortschritt, dass wir uns um unsre Jungen kümmern, dass wir sie erziehen und das Gesetz der roten Schlange lehren, dass wir für sie sorgen und sie uns kennen, damit sie uns nicht auffressen, wie der junge Hohlschwanz den alten.«

Der Taguan machte ein schlaues Gesicht.

»Hik, hik!« sagte er. »Das müssten wir auch beibehalten. Wir müssen nur die Eier nicht in den Sand graben, wir müssen sie hübsch bewachen und selbst ausbrüten. Dann können wir unsere Jungen richtig erziehen. Denn allerdings, auf Familie muss man halten.«

»Und wenn nun der Winter kommt?« fragte Homchen.

»Ja, mein lieber Neffe, das ist eben das Feine. Da brauchen wir nicht zu frieren und zu darben wir ihr. Dafür haben wir unsre Flügel. Da fliegen wir fort, weit fort, immer nach Süden, wo die Sonne höher steht. Da ist es noch warm, da hört der Sommer nicht auf. Und wenn es uns zu heiß wird, fliegen wir wieder zurück. Ist das nicht ein feiner Gedanke?«

Homchen dachte nach, aber der Igel entschied unwillig.

»Nein, nein, nein! Wenn ihr es so machen wollt, so wird es euch gehen wie uns Igeln, nur auf anderem Wege. Ein Stückchen kommt ihr wohl weiter, aber dann bleibt ihr stehen. Das seht ihr ja an unserem Winterschlaf. Wir dürfen den Schwierigkeiten nicht ausweichen, wir müssen sie bekämpfen, wir müssen uns ihnen gewachsen zeigen. Denn sonst wird es nichts mit dem Gehirn. Denken! Denken! Denken! Das hat die rote Schlange gesprochen, bevor es Echsen, Beutler und Vögel gab. Und was nutzt uns alles andre, wenn wir die Sicherheit auf Kosten des Denkens erreichen? Lass dich vom Taguan nicht irre machen, Homchen! Nicht in die Luft und nicht ins Wasser, sondern ein Überbeutler, aber ein Säuger mit starken Armen und Beinen auf der festen Erde!«

»Ich weiß nicht«, sagte Homchen, »wer von euch recht hat; aber ich habe einmal eine Sage gehört, es werde dereinst ein Tier kommen, das weder schwimmt noch fliegt, weder läuft noch klettert, sondern das rollt; und das werde schneller und stärker sein als alle Tiere. Was wisst ihr wohl davon?«

»Das ist dummes Zeug«, sagte der Taguan. »Es ist einmal ein runder Stein vom Himmel herunter gefallen auf einen Berg und ist den Berg hinabgerollt in eine Schlucht, wo die heiße Wolke wohnt. Da hat man gemeint, es sei ein Tier, ein ganz mächtiges, das die rote Schlange zu besuchen käme. Denn hinter der heißen Wolke soll ja die rote Schlange wohnen.«

»Wo ist das?« fragte Homchen eifrig.

»Ich war noch nicht dort«, sagte der Taguan.

Wie kann man über das Moor kommen?« erkundigte sich Homchen weiter.

»Über das Moor kannst du nicht. Aber zwischen dem Moor und dem Wald ziehen sich die Hügel hin, auf denen wir sind; und wenn du auf diesen hinwanderst immer weiter und weiter nach Süden, so breiten sie sich mehr und mehr aus. Das ist die Steppe. Man muss sich aber immer am Walde halten, und wenn der Wald aufhört, so gehe man immer direkt nach Süden, dann fängt er wieder an. Du aber gehe nicht so weit, denn du würdest zu müde werden.«

Homchen schwieg.

Da sprach der Igel: »Schlag' dir die Geschichte mit dem rollenden Tier aus dem Kopfe. Es ist Unsinn, das Rollen ist zwar gut, aber nur zum Schlafen. Und dazu ist auch jetzt Zeit. Ich kann dir, lieber Taguan, leider keinen Ast zum Aufhängen anbieten, aber für Homchen hab' ich dort ein weiches Grashäufchen. Und jetzt werde ich schlafen.« Damit rollte sich der Igel zusammen.

»Ich fliege nach Hause. Gute Nacht!« sagte der Taguan.

Homchen wollte noch etwas fragen, aber der Taguan war schon fort, und der Igel rührte sich nicht.

Da duckte es sich ermüdet auf dem Grase zusammen.

Alles, was es gehört hatte, ging ihm nun durch den Kopf. Und immer wieder drängte sich die Frage hervor: Wo find' ich die rote Schlange?

Im Drachenmoor

• •

Die Sonne brütet über dem Drachenmoor. Schwül und heiß liegt die Luft über der Lagune, und Modergeruch steigt von den austrocknenden Schlammbänken auf.

Im flachen Wasser wälzen sich hässliche, spindelförmige Ungeheuer von riesiger Länge. Von dem dicken Höcker in der Mitte mit den an den Leib gezogenen Füßen streckt es sich nach beiden Seiten fast zehn Meter lang in Gestalt einer Spitze – die eine stellt den Schwanz, die andre den Hals mit dem Kopfe des Tieres vor; und der Kopf ist so klein, dass man ihn vom Halse gar nicht unterscheiden kann. Diese Riesenspindeln fassen mit der Schnauze ein Bündel der üppig wuchernden Wasserpflanzen, und während sie daran schlingen, wälzen sie sich langsam über einander weg. Das sind ihre Liebesspiele. Und weiter tun sie überhaupt ihr Lebelang nichts, die dummen Bronto.

Im hohen Grase der Uferwiese weidet ein Paar Stego. Diese riesigen Schildechsen watscheln auf ihren Hinterbeinen einander entgegen. Ihre Panzer schillern und funkeln im Sonnenlicht. Der furchtbare Rückenkamm starrt von Stacheln, Jetzt sitzen sie hochaufgerichtet vor einander und schlagen sich mit den Vorderpfoten gegenseitig auf die Brust, dass die festen Knochenplatten dröhnen. Aber das ist nur Zärtlichkeit. Bald umschlingen sie sich mit den Armen und pressen ihre haushohen Leiber aneinander. Es knarrt und rasselt weit über das Ufer hin bis an die einzelnen zerstreuten Büsche riesiger Sumpfweiden.

Da stürzt es hervor mit schnellem, elastischem Schritt, auf den Zehen sich wiegend wie die anschleichende Katze, und doch hoch emporragend, schimmernd im Panzerschutz, der furchtbarste Drache der Welt. Das weit aufgerissene Maul starrt von scharfen, sichelförmigen Raubtierzähnen, die Augen funkeln in Mordlust. So stürmt die Großechse heran. Auf ihren Hinterbeinen hebt sie sich jetzt mehr als doppelt so hoch wie das Paar der Schildechsen, das in seiner Liebeswut nichts von der drohenden Gefahr merkt. Und über die eng Verschlungenen stürzt die Großechse von oben herab, beide zugleich mit ihren gewaltigen Armen zusammenpressend, dass die starken Knochenplatten unter der Riesenkraft krachen. Nichts hilft den Stego der Rückenkamm und die scharfen Stacheln. Die Raubechse hat ihre Körper zusammengezwängt und zermalmt mit dem furchtbaren Gebiss die Köpfe der Liebenden ...

Ein wandelnder Berg drängt sich der Atlanto durch den Urwald – zehn Meter hoch und vierzig lang – die Stämme brechen unter seinen Tritten, und das Laub ganzer Bäume verschwindet im Maule des Tieres. Hinter ihm her trottet eine Raubechse mit einem Horn auf dem Kopfe und weit hervorragenden Zähnen. Gegen jenen Atlanto, den sie verfolgt, ist die Nashornechse, obwohl immer noch größer als ein Elefant, fast nur ein Zwerg. Aber sie unterläuft den riesigen Pflanzenfresser und reißt ihm mit ihrem furchtbaren Horn den Leib auf – und andre scheußliche kleinere Drachen stürzen sich über die Eingeweide ...

Und die Bronto wälzen sich im Wasser ...

Und die Hohlschwänze jagen umher. Sie heulen und klappern ärger als je; denn Wut ist in sie gefahren, weil sie von allen Echsen verspottet werden. Einer ihrer Stärksten ist besiegt und getötet worden von einem verachteten Beutler, von dem kleinen Nachttier, das sich an den Tag gewagt hat.

Die Hohlschwänze wüten und schreien Rache, aber weiter tun sie nichts und die anderen Echsen auch nicht. Die Raubdrachen fressen, wen sie bezwingen können, und die Pflanzenfresser stopfen sich voll Gras und Laub. Die Bronto wälzen sich im Wasser, und draußen im Meere jagen die Schwimm-Echsen.

Langsam neigt sich der Tag.

Schon suchen die Echsen nach ihren Lagerstätten, da kommt eine ungewohnte Bewegung in die Bewohner des Moors. Die kleinen und schwachen Echsen, die sich sonst scheu verbergen, kommen furchtlos hervor, und alle Blicke richten sich neugierig nach Süden.

Von Süden her naht sich schnell heranhüpfend eine Schar seltsamer kleiner Geschöpfe.

Auf langem, schwanenhaftem Halse wiegen sie einen Vogelkopf mit spitzen, schnabelartigen Kiefern, in denen scharfe Zähne blitzen. Die kurzen Vorderfüße tragen sie frei, und auf den langen Hinterfüßen schnellen sie in weiten, raschen Sprüngen vorwärts. Ein langer Reptilschwanz unterstützt sie dabei. So hüpfen sie hurtig über Wiese und Strand.

Furchtlos springen sie an der Großechse vorüber und kümmern sich nicht um die Hohlschwänze, die umherstreifen. Die Großechse sieht ihnen ruhig zu. Die Hohlschwänze weichen ihnen aus und die Schildechsen watscheln ihnen entgegen, selbst die trägen Bronto stecken ihre Köpfe aus dem Wasser.

»Die Zierschnäbel sind da, die Zierschnäbel!« So geht der Ruf durchs ganze Drachenmoor.

Bald haben sich die Zierschnäbel rings am Ufer und auf den flachen Landzungen verteilt. Überall werden sie von den Echsen mit Ehrfurcht begrüßt. Unaufhörlich bewegen die Zierschnäbel ihre Vorderfüße gegen die Echsen und murmeln die dunkeln Worte:

»Wachset in Schlangenhut! Wachset in Schlangenhut! Gnädig sei euch die rote Schlange!«

Da drängen die Bronto mit ihren massigen Körpern die Wasserschlingpflanzen ans Ufer, dass die Zierschnäbel mit ihren langen Hälsen bequem die Fische herausholen können, die sich darin verfangen haben. Das mundet ihnen. Und einer sagt wohl zum anderen:

»Wenn man jetzt noch ein paar Hohlschwanzeier zum Nachtisch hätte! Das ist doch das Beste!«

»Das soll schon noch kommen«, meint leise der andre. »Grappignapp wird es schon machen, wenn es Zeit ist.«

Inzwischen war die Sonne weiter herabgesunken. Ein Wind erhob sich und wehte kühl von Norden.

Da begann einer der Zierschnäbel, dem zwei schöne rote Lappen vom Kopf herabhingen:

»Es ist kalt bei euch. Merkt ihr das nicht?«

»O ja, wir frieren!« rief es hier und dort unter den Echsen. »Es ist jetzt immer so des Abends. Bitte die rote Schlange, dass sie es wieder warm mache.«

»Wir wollen es tun, wenn ihr gehorsam seid«, antwortete der Zierschnabel. »Nun rupft dort das Gras von der Wiese und bringt es hierher.«

Da rafften die Stego große Haufen des weichsten Grases zusammen und machten dichte Nester daraus. Da hinein setzten sich die Zierschnäbel, und das tat ihnen wohl.

Die Echsen sahen, wie sich die Zierschnäbel in den Nestern wärmten und wollten es auch so machen. Aber wie sehr sie auch das Gras um sich häuften, sie blieben kalt und das Gras blieb kalt. Wo jedoch ein Zierschnabel gesessen hatte, da fühlte sich das Nest schön warm an. Wenn ein paar Zierschnäbel irgendwo aufstanden, steckten die Echsen schnell ihre Köpfe in das Nest und wärmten sich.

Und es ging ein Gemurmel durch die Echsen:

»Ihr Zierschnäbel seid heilige Tiere, ihr könnt das Gras warm machen. Ist es wahr, dass ihr von der Sonne gegessen habt? Warum werden unsre Nester nicht warm wie die eurigen?«

Da sagte der Führer der Zierschnäbel Grappignapp, indem er sich aufrichtete:

»Ich will es euch sagen, ihr Echsen vom Drachenmoor. Wir haben nicht von der Sonne gegessen, aber uns hat die rote Schlange gesegnet weil wir ihre Boten sind. Fühlet uns an, unser Blut ist warm; darum wärmen wir das Gras und bleiben warm. Euer Blut aber ist kalt, und so nützen euch die Nester nichts. Und wenn die Sonne nicht scheint und euch auf die Haut brennt, so werdet ihr kalt und müde und schwach. Und die Sonne wird immer weniger scheinen und ihr werdet immer schwächer werden, ein Gespött für die Nachttiere des Waldes. Denn euch zürnt die rote Schlange.«

Da ging ein Krachen und Klappern und Knarren durch den Kreis der Echsen.

»Was sagt er? Die rote Schlange zürnt uns? Was haben wir getan? Was sollen wir tun, um der roten Schlange zu gefallen, dass sie uns warm mache?«

Und die furchtbare Großechse stieg über die ruhenden Echsen hinweg bis dicht an den Zierschnabel und schrie:

»Haben wir nicht das Gesetz der roten Schlange erfüllt, das ihr uns gebracht habt? Habt ihr nicht gesagt: Fresset das Gras der Wiese, fresset das Laub der Bäume, und wem die rote Schlange Zähne gegeben hat zum Zerreißen, der fresse einer den anderen, wenn er ihn besiegen kann? Denn der Stärkste soll Herr sein im Drachenmoor? Nur wenn die rote Schlange ihre Boten sendet, soll Friede sein und keiner den anderen fressen, es sei denn, die rote Schlange gebietet es durch euch? Und darum hab' ich erst heute ein ganzes Liebespaar von Stego verschlungen, damit ich satt bin, wenn ich hier bei euch sitze.«

»Es ist wahr, es ist wahr!« klapperten die Schildechsen. »Die Großechse hat die Gnade gehabt, zwei von uns zu verspeisen! Es lebe die mächtige Großechse!«

Während des allgemeinen Lärmes drängte sich Grappignapp dicht an den Kopf der Großechse und flüsterte ihr zu:

»Möchtest du statt der Stego nicht lieber die fetten, weichen Beutler des Waldes fressen? So viel du willst, sollst du haben, wenn du unserem Rate folgst.«

Da rasselte die Großechse vergnüglich mit den Zähnen und blinzelte mit den Augen. Der Zierschnabel aber rief:

»Schweiget! Schweiget alle! Die rote Schlange gebietet es. Rufet die Echsen zusammen im ganzen Drachenmoor, so will ich euch den Willen der roten Schlange verkünden. Zuerst aber, damit wir die rote Schlange versöhnen können, bringet jedem meiner Brüder drei frische Eier vom Hohlschwanz, mir aber fünf!«

Hui! Hui! sauste es in der Luft. Die Hohlschwänze hatten sich bei der Ankunft der Zierschnäbel hochmütig zurückgezogen. Sie hielten nichts von ihnen. »Wir können fliegen«, sagten sie; »die Zierschnäbel können nur hüpfen, und wir brauchen die rote Schlange nicht. Uns holt selbst die Großechse nicht ein; was sollen wir mit der ro-

ten Schlange?« Und wegen dieser Gesinnung der Hohlschwänze waren ihre Eier gerade die Lieblingsspeise der
Zierschnäbel.

Als Grappignapp zu reden anfing, hatten sich die Hohlschwänze neugierig aus dem Hintergrunde genähert denn
sie fürchteten schon, dass die Zierschnäbel etwas gegen
sie im Schilde führten. Nun stürzten sie wütend herbei
und schrieen durcheinander:

»Glaubt ihm nicht! Glaubt ihm nicht! Die rote Schlange
kann gar nicht den Echsen zürnen, denn es gibt keine rote
Schlange. Habt ihr sie schon einmal gesehen?«

»Ich glaube nicht an die rote Schlange«, rief einer besonders laut Und einer brüllte sogar: »Ich will die Eier der
roten Schlange fressen.«

Da fuhr die Großechse in die Höhe und befahl:

»Still! Lasst den Zierschnabel reden!«

»Bringet die Hohlschwanzeier«, sprach Grappignapp
mit überlegener Ruhe. »Denn diese gerade verlangt die
rote Schlange zur Strafe für die Hohlschwänze. Die rote
Schlange liebt die Echsen, aber die Hohlschwänze haben
den Echsen den größten Schaden getan, von den Hohlschwänzen droht das Verderben. Durch sie wird die Furcht
vor den Echsen schwinden. Hat sich nicht das Nachttier,
der kleine Kala, herausgewagt und den stärksten der Hohlschwänze besiegt? Es ist aber das Gebot der roten Schlange: Die Hohlschwänze sollen wachen, dass die Beutler am
Tage im Walde bleiben. Warum hat ihn der kleine Beutler
besiegen können? Weil die Hohlschwänze die rote Schlange nicht achten. Darum, ihr Hohlschwänze, schweiget still
und wartet ab, was das Drachenmoor beschließt.«

»Schmach! Schmach! Schande über die Hohlschwänze!« gellte und knarrte es da durch die Echsen.

Und nun stoben sie auseinander. Die Hohlschwänze entflohen vor den starken Echsen, die jetzt die Eier der Hohlschwänze in den Verstecken aufsuchten und sie den Zierschnäbeln brachten.

Kleine, schnelle Echsen riefen alle zusammen, die noch nicht bei der Versammlung waren. Die Zierschnäbel aber ließen sich die Eier trefflich schmecken und wärmten sich in ihren Nestern, während die Echsen in immer größeren Massen sich ansammelten.

Die Vertrauten der roten Schlange

Es war die Zeit, da sonst die Drachen die Kühle des Abends scheuten, sich verbargen und einschlummerten. Darum hatten die Zierschnäbel den Abend gewählt; wenn die Nacht hereinbrach, merkten die Echsen am meisten, was ihnen fehle, und bekamen offene Ohren für bedrohliche Mahnung.

Und nun hüpfte der wohl durchwärmte und gesättigte Zierschnabel auf den Rücken der Großechse und sprach von da zum versammelten Drachenmoor:

»Da noch nichts war, keine Fische und keine Echsen, keine Kerbtiere und keine Beutler, da war die rote Schlange. Und die rote Schlange streckte sich aus, da reichte sie von einem Ende der Welt bis zum anderen. Sie hatte aber zwei Augen, auf jeder Seite eins, das eine war weiß und das andre war schwarz. Dort, wo das weiße Auge lag, da war der Tag, wo aber das schwarze Auge lag, da war die Nacht; und in der Mitte, wo die rote Schlange geruht hatte, da war die rote Dämmerung.

Und die Schlange legte zwei Eier. Das eine legte sie in den Tag und nannte es Sonne. Aus der Sonne kam das Geschlecht der Echsen, und aus der Schale des Ei wurde das Meer und das Moor und der Schlamm und das helle Ufer. Das andre Ei legte sie in die Nacht und nannte es Mond. Aus dem Monde kam das Geschlecht der Beutler, und aus der Schale des Ei wurden der Wald und die Felsen und die Berge.

Die rote Schlange aber sprach zu den Echsen:

Ihr seid die Kinder der Sonne. Ihr sollt in der Wärme wohnen des Meeres und des Moores und hinwandeln am hellen Ufer. Alle Tiere des Waldes und der Felsen und der Berge werden euch gehorchen. Ich will euch meine Stärke und meinen Panzer geben, damit ihr eure Macht zu bewahren vermögt. Und wer mir am nächsten kommt an Stärke und an Panzer, der soll Herr sein über alle, ausgenommen über meine Boten, die ich euch nennen werde.

Und nun vernehmt die Gesetze der Schlange.

Ihr sollt fressen, so viel ihr könnt, Pflanzen und Tiere, und ihr sollt auch fressen euch untereinander, dass nur übrig bleiben, die ich auserwählt habe zum Ruhme meiner Stärke und meines Panzers.

Ihr sollt herrschen über das Meer und das Moor und das Ufer am Tage, und ihr sollt achten, dass die Tiere des Waldes nicht an die Sonne kommen. In der Nacht aber sollt ihr schlafen, denn es ist euch verboten zu sehen, was die Nacht an den Himmel gesetzt hat. Aus der Sonne seid ihr gekommen; wenn aber die Sonne verschwunden ist, so glitzern am Himmel die bösen Geister, die euch töten, die Geister der Kälte.

Eure Haut kann nackt sein und sie kann gepanzert sein. Wer sie aber bedecken wollte mit Fell oder Haar, der soll verderben. Denn es geziemt den Echsen nicht, zu gehen wie die Nachttiere des Waldes.

In euren Körper habe ich das Mark des Rückens gelegt, dass es vereinige die Bewegung aller eurer Glieder und die Kraft aller eurer Sinne. Da soll es sich immer stärker zusammenziehen an dem einen Ende und soll dort wachsen und dick werden, damit ihr gewaltig wollt und tut alles, wozu euch die Lust ankommt!

Als meine Boten habe ich eingesetzt das Geschlecht der Zierschnäbel. Sie allein sollen euch mein Gesetz auslegen. Und was sie euch sagen, das ist mein Wille, daran sollt ihr nicht zweifeln und sollt nichts ändern an allem, was sie gebieten im Namen der roten Schlange.

Den Zierschnäbeln sollt ihr gehorchen und sie ehren; und es soll Friede sein zwischen euch, wo sie zu euch reden. Denn aus ihnen spreche ich, die rote Schlange.

So sprach die rote Schlange und verschwand. Und niemand mehr weiß, wo sie ist, außer uns, den Zierschnäbeln. Und nun dürft ihr und könnt ihr nicht mehr mit ihr reden als durch den Mund der Zierschnäbel, und ihr könnt sie nicht schauen als durch das Auge der Zierschnäbel, und ihr könnt nicht zu ihr gelangen als durch die Füße der Zierschnäbel.

Ihr aber müsst nun sorgen, dass auch die Tiere des Waldes dem Gesetze der roten Schlange gehorchen; und die ihm nicht gehorchen, sollt ihr fangen und töten und fressen und vernichten alle ihre Geschlechter. So will es die rote Schlange.«

Ehrfürchtig lauschten rings die Echsen.

Und immer dunkler ward's über dem Moor, die klare Nacht stieg herauf. Die Echsen im Wasser tauchten unter bis an den Kopf, und die am Lande drückten sich frierend an den Boden.

Grappignapp sprang herunter vom Kopfe der Großechse, aber ehe die Tiere ringsum sich zu rühren wagten, schwang sich ein anderer Zierschnabel an seine Stelle. Das war Kaplawutt mit dem großen Schnabel, der schlenkerte seine Vorderfüße hin und her und rief gellend über das Drachenmoor:

»Und wisst ihr, was die rote Schlange tut, wenn ihr die Gesetze nicht befolgt? Dann wird sie die Sonne belecken mit ihrer Zunge, dass sie immer kleiner und kühler wird. Und der Tag wird kalt werden wie die Nacht, und die Nacht wird so kalt werden, dass alles Wasser erstarrt wie der Reif des Morgens. Die Bäume werden ihre Blätter verlieren, und das Gras wird sie zudecken mit weißem Staub, dass ihr nirgends mehr findet, was euch Nahrung gibt. Und die Echsen, die noch nicht verhungert sind, werden beben vor Frost und werden zittern und klappern in Ängsten, bis sie starr werden und sich nicht mehr rühren können. Dann werden die Nachttiere des Waldes herauskommen in ihren warmen Pelzen und werden ihnen allen die Augen auskratzen, wie es der kleine Kala dem großen Hohlschwanz getan hat. Und die Säuger werden das Mark der Echsen verzehren, und mit euren Knochen werden sie nach der Sonne werfen, bis sie herabstürzt vom Himmel. Und es wird eine ewige Nacht sein.«

Kaplawutt sprang auf den Boden, denn selbst die Großechse begann vor Furcht und Kälte zu zittern. Nichts hörte man durch die stille Nacht als das schauerliche Rasseln der Knochenschilde, das die Angst der frierenden Drachen verriet. Keines der Ungetüme wagte aufzublicken; es hätte den Nachtgeistern ins blitzende Auge schauen können, deren Anblick verboten war.

Die Zierschnäbel versammelten sich um Grappignapp, der leise zu ihnen sprach in der Redeweise der Schnäbel, welche die Echsen nicht verstanden. Dann zerstreuten sich die Zierschnäbel nach allen Richtungen und flüsterten mit den Echsen, die sich furchtsam im Schlamm oder im Grase duckten und ehrfürchtig ihren Worten lauschten.

Inzwischen hob ein Bronto den langen Hals, um den zerrissene Ranken von Wasserpflanzen sich schlangen, aus dem Wasser empor und fragte demütig:

»O weiser Zierschnabel, warum zürnt denn die rote Schlange auch uns im warmen Wasser? Wir können doch nicht dafür, dass der Kala aus dem Walde gekommen ist und den Hohlschwanz getötet hat?«

Grappignapp sah den Bronto verächtlich an, denn er musste sich erst auf seine Antwort besinnen. Der Bronto war doch wirklich zu dumm, dass er hier mit Zweifeln hervortrat, wo alles so schön vorbereitet war für die Absicht der Zierschnäbel. Dann sagte Grappignapp: »Mein lieber Bronto, glaubst du denn, wenn die rote Schlange die Sonne ableckt, dass alle Länder erfrieren müssen, sie könne das Wasser allein warm erhalten? Wie sollte sie das machen? Darum müsst ihr eben auch mitleiden mit den anderen, wenn ihr nicht die Gefahr abzuwenden versteht.«

Da streckte ein andrer Bronto den Hals hervor. Denn er hatte gemerkt, dass das Wasser noch warm war, während die Landechsen froren; und so fragte er mutiger:

»Was können wir denn tun, damit die rote Schlange den Echsen nicht zürnt und die Sonne nicht ableckt?«

»Das will ich euch sagen«, rief Grappignapp und gab Kaplawutt einen Wink, dass er wieder auf den Kopf der Großechse springe, um zum Drachenmoor zu reden. Und Kaplawutt begann:

»Wollt ihr erfrieren, ihr starken Echsen? Wollt ihr von den Säugern gefressen werden? Wollt ihr, dass eure Gebeine gegen die Sonne fliegen?« Ein Schauer ging durch die Zuhörer. Nein, nein, nein schien es zu rasseln. »Nun, so frage ich euch, woher kommt die Gefahr? Wer hat zuerst die Gebote der Schlange übertreten? Der freche Kala war's, Homchen, aus dem Geschlechte der Beutler. Aus dem Walde ist er gegangen am hellen Tag, mit der roten Schlange hat er sprechen wollen ohne Erlaubnis der Zierschnäbel, gerühmt hat er sich zu wissen, was niemand wissen kann als wir, die Boten, denen die rote Schlange es sagt. Darum hat die Schlange erlaubt, dass er den Hohlschwanz töte, der auch seine Pflicht versäumte, damit die Echsen erwachen aus ihrem Schlummer.

Alles Böse und Verderbliche geht aus von den Nachttieren im Walde, die da Herren sein möchten über die Erde, über Moor und Meer. Sie haben sich angemaßt ihr Blut zu wärmen gegen den Willen der roten Schlange, die ihnen doch die Sonne versagt hat. Sie umkleiden sich, o Schande, mit Fellen und verbergen ihre Haut in Haaren. Und, o Fluch und Frevel, sie häufen ihr Mark zu einer Verdickung, wie die starken Echsen, und dadurch wollen sie furchtbar und stark werden und sich auflehnen gegen die Echsen. Und darum, ihr gewaltigen Drachen, gibt es nur eine Hilfe, wie ihr die rote Schlange versöhnen könnt und euch selber retten: Vernichtung der Säuger! Tod allen Tieren im Walde! Und Ausrottung ihrem Geschlechte!«

Da klapperten und knirschten die Panzer der Echsen, und eiliger schlüpften die Zierschnäbel zwischen ihnen hin und her und versammelten sich wieder um ihre Führer.

Die Großechse aber rief gewaltig übers Moor:

»Das will ich tun! Das ist meine Sache! Ich schreite hinüber über die Hügel, ich zerdrücke den Wald in meinen Armen, ich zerreiße die Höhlen und fresse die Säuger. Ja, ich fresse sie alle mit Fell und Haar, und nicht einer soll übrig bleiben.«

Wundersam brummte und knarrte und schrie es rings umher, ein furchtbares Geräusch, wie man es nie vernommen. Denn alle Echsen schnarrten durcheinander, aber keine wagte den Kopf aus dem Grase zu heben; sie bebten in doppelter, in dreifacher Furcht, vor den Nachtgeistern, vor der Kälte und vor der Großechse. Keiner wollte es merken lassen, dass er der Großechse widersprach.

Grappignapp flüsterte mit den Zierschnäbeln: »Habt ihr alles ausgerichtet? Habt ihr sie herumgebracht?«

»Ja«, antworteten die Zierschnäbel. »Es steht alles gut. Sie fürchten sich vor der Großechse, denn wenn sie sich nicht vor ihr verbergen dürfen, werden sie selbst von ihr gefressen, sobald ihr nicht dabei seid. Sie wollen einen Anführer, der nur Pflanzen frisst.«

»Es ist gut.«

»Hört, ihr Echsen, höre, mächtige Großechse«, so rief nun Grappignapp, »Du allein, so gewaltig du bist, vermagst nicht den ganzen Wald zu durchdringen und alle Säuger zu verschlingen. Alle Echsen zusammen müssen helfen. Die das Laub fressen, müssen die Bäume wegräumen, und die anderen müssen die Tiere fangen. Aber damit alles richtig zusammenwirkt, müsst ihr einen Anführer haben, dem alle gehorchen. Und den sollt ihr jetzt wählen.«

»Gut denn«, rief die Großechse wieder, »so wählet mich. Ich bin die stärkste von allen, das versteht sich von selbst.«

Wieder murrte und knarrte es, und eine Stimme, es war die des gewaltigen Atlanto, des haushohen Bäumeknickers, ließ sich vernehmen:

»Nicht die Großechse!«

»Nicht die Großechse, nicht die Großechse!« hallte es jetzt von allen Seiten.

»Einen Pflanzenfresser«, schrieen die Bronto aus dem Wasser. »Den Atlanto wählt.«

»Nicht mich«, rief jetzt der Atlanto kühner, »den Iguanodon sollt ihr wählen!«

»Den Iguanodon«, wiederholte Grappignapp mit heller Stimme. »Iguanodon« stimmten alle Zierschnäbel ein. Und durch das Drachenmoor klang's jetzt wie Brausen des Sturmes, wie Sturz der Erde: »Iguanodon! Iguanodon!«

Da sprang die Großechse wütend auf ihre Beine.

Sie riss den fürchterlichen Rachen auf und schnappte umher, dass die Zierschnäbel, die einzigen, die sich in ihre Nähe gewagt hatten, beiseite sprangen; und nun wollte sie den Kopf in die Höhe werfen, um sich auf den Atlanto zu stürzen, – da sah sie über sich, was sie noch nie gesehen, nie zu sehen gewagt hatte – ein dunkles Zelt spannte sich über ihrem Haupte, daran funkelte es von tausend lichten Punkten, ein schimmerndes Band schlang sich hindurch – die Herrlichkeit des Sternenhimmels glänzte herab – und der rasende Riese stürzte zitternd zusammen. Vor dem Blick der Nachtgeister barg er sein schreckliches Haupt im Grase, und seine Sichelzähne klappten in ohnmächtiger Furcht aufeinander.

Die Echsen sahen den Gewaltigen niederstürzen. Bange Stille herrschte über dem Moor. Da hinein erklang hell die Stimme Grappignapps.

»Der Iguanodon sei unser Anführer! Die rote Schlange hat gesprochen. Sehet, wie es denen ergeht, die ihrem Willen sich widersetzen. Niedergebrochen ist die Großechse. Wollte sie sich aufs neue erheben, um der Wahl des Iguanodon zu widersprechen, so würden die frierenden Geister der Nacht sie töten.

Es lebe der Iguanodon! Ihm wollen wir uns beugen. Er ist groß und stark, und er ist weiser als alle Echsen. Aus ihm spricht die große Schlange. Was er sagt, das soll euch gelten als die Rede der großen Schlange. Niemand soll es wagen zu zweifeln an seinem Worte. Drüben wohnt er hinter dem Walde am großen Flusse, einsam wandelt er im Schilfe und bedenkt die Zukunft der Echsen. Lasset uns hinüber ziehen in Demut und ihn bitten, dass er unser Führer sei gegen die bösen Waldtiere.«

»Der Iguanodon, der Iguanodon!« So klang es wieder über den Strand. »Er sei unser Führer!«

»Und wer soll der Bote sein?«

»Ich«, rief der Atlanto. »Ich breche durch den Wald.«

»Das geht nicht«, sagte Kaplawutt. »Dann würden die Waldtiere merken, was geschehen soll; wir aber müssen sie überraschen. Wir wollen selbst hinüber, jedoch nicht durch den Wald. Weit ist der Umweg über die Hügel im Süden. Aber wir springen schnell. Und nun leget euch zur Ruhe, bis die Sonne warm scheint. Gnädig ist euch die rote Schlange!«

»Iguanodon, Iguanodon sei der Herr!« so hallte es noch dumpf. Und die Drachen entschliefen.

Auf dem Wege zur roten Schlange

Leise war es am Waldsaum hingehuscht durchs hohe Gras, vorsichtig die Leiber der schlafenden Drachen meidend, unfern dem Ufer des Moors nach Süden hin, immer nach Süden. Dort in der Ferne sollen Berge ragen, dort soll die heiße Wolke weilen, und hinter der heißen Wolke die rote Schlange. Vielleicht wohnt sie dort, vielleicht? Niemand weiß es. Aber wo sonst sie suchen? Und Homchen suchte die rote Schlange.

Zum Glück zeigte sich jetzt nichts mehr von der Nähe des Drachenmoors. Längst liegt der Heimatwald hinter Homchen. Die Schlucht ist passiert, die in den Wald von den Hügeln her einschneidet. Dann das Stück der Steppe, wo der Wald endet, von dem die Beutler überhaupt nichts wussten. Und nun hatte ein neuer Wald begonnen, ein ganz fremder Wald. Westlich davon erstreckt sich unabsehbar die Steppe. Aber Homchen hält sich im Walde. Denn zwischen den Ästen weiß es zu springen. Nur zweimal hatte es einige Stunden am Tage geruht. In der Nacht ist es sicher, da kommt es schnell vorwärts. Schon die dritte Nacht! Und in seinem Laufe denkt es zurück an den Anfang der Wanderung.

Welch eine Nacht war das, entlang am Drachenmoor! Was musste es hören, als es sich duckte und verkroch im Grase und doch beinahe entdeckt worden wäre von den Echsen, die Nahrung für die Zierschnäbel suchten.

So also sahen die Zierschnäbel aus, von denen es bisher nur gehört hatte. Von Süden waren sie gekommen. Sie allein wussten ja, wo die rote Schlange wohnt – also wohl im Süden. Aber niemand sollte es wissen, niemand sollte zu ihr als die Zierschnäbel. Sie sollte gar nicht wohnen auf dieser Erde? Wie aber kamen denn die Zierschnäbel zu ihr? – Und wieder überkam Homchen das seltsame Gefühl, das es nun so oft beschlich, das die anderen nicht verstanden...

Die Zierschnäbel wussten ganz genau, was die rote Schlange geboten hat. Und doch wusste Homchen es auch ganz genau, dass die Echsen nicht immer herrschen sollten; aber die Zierschnäbel sagten das Gegenteil. Freilich, die Zierschnäbel hatten mit der Schlange selbst gesprochen, und Homchen wusste nicht einmal wo sie wohnt. Wer hatte nun recht? Wenn sein Tun doch Sünde wäre?

In solchen Zweifeln schwang sich der junge Kala von Ast zu Ast, nach Süden zu, immer nach Süden. Dort musste die Wahrheit zu finden sein.

Endlich wurde der Wald lichter, es war schwieriger von Baum zu Baum zu springen, und jetzt schien er ganz zu Ende zu gehen. Und zur Linken sah Homchen den Himmel sich röten. Der Morgen kündete sich an. Es war müde, sehr müde und hungrig. Es spähte nach Früchten aus, doch die schien es hier nicht zu geben, und für Insekten war es noch zu früh am Tage. Auf einer Araukarie fand es ein Plätzchen zum Ruhen. Hier wollte es ein wenig schlafen. Es kauerte sich zusammen.

Lange mochte Homchen nicht geschlafen haben, da erwachte es, weil ihm sein Fellchen so warm wurde. Es riss die Äuglein auf, aber es musste sie sogleich wieder schließen. Die helle Sonne schien ihm gerade auf den Kopf.

Es kroch in die Schatten. Wie die Sonne brannte, so grell, so klar! Ganz anders als am Waldrand daheim, wo die Nebel am Flusse im Morgenwind hinjagen. Die Sonne! Merkwürdig. Wie konnte eigentlich die Sonne scheinen? Die Zierschnäbel hatten doch gesagt, die Sonne sei ein Ei, das die rote Schlange in den Tag gelegt habe, und aus dem Ei seien die Echsen gekommen, aus seiner Schale aber wurden das Meer und das Moor und der Schlamm und das helle Ufer. Wenn also die Schale fort war und das Ei, wie konnte dann die Sonne noch am Himmel stehen? Das war doch nicht möglich. Wie konnten nur die Echsen so dumm sein, das zu glauben?

Oder legte vielleicht die rote Schlange jeden Tag ein neues Ei? Wo kämen dann die alten hin? Es entstehen doch nicht jeden Tag neue Meere und Ufer? Und es heißt doch auch nur, sie legte *ein* Ei, das nannte sie Sonne? Da war nun etwas, worin die Zierschnäbel sicher nicht die Wahrheit sagten. Ob sie das wirklich von der roten Schlange hatten? Und wenn nicht, dann ...

Wie ein unvermuteter Schlag durchzuckte es Homchen. Wenn die Zierschnäbel in der einen Lehre sich irrten, konnten sie nicht auch in der anderen sich irren? Und wenn das war, so konnte die Lehre gar nicht von der roten Schlange kommen. So sprach die rote Schlange zu ihnen wohl nicht anders, als sie auch zu Homchen gesprochen hatte, das heißt, ein jeder von ihnen glaubte nur, die rote Schlange spräche zu ihm, aber er konnte sich darin irren. Woher sollte er nun wissen, ob es wirklich die rote Schlange war, oder nur eine Täuschung der eignen Brust? War nun die Täuschung nicht vielleicht bei den Zierschnäbeln? Denn was die rote Schlange zu Homchen gesprochen, seinem Glauben nach gesprochen, das passte doch zu dem, was es alle Tage sah. Die Sonne ging auf, so konnte sie nicht das Ei sein, aus dessen Schale das Meer kam. Die Waldtiere sollten nicht am Tage aus dem Walde gehen, sagten die Echsen; aber Homchen war hinausgegangen, und die rote Schlange hatte ihm doch den Sieg über den Hohlschwanz gegeben. So war es doch wohl keine Täuschung, was ihm die rote Schlange sagte? So würde sie ihm auch das Richtige sagen, was es tun müsse, damit die Echsen unterliegen und die Säuger die Herrschaft gewinnen. Ob der Taguan recht hatte, oder der Igel? Also auf nach Süden, zur roten Schlange!

Homchen sprang aus dem Walde heraus. Niedriges Gebüsch, durch das es sich winden musste, verdeckte ihm die Aussicht. Eilig schlüpfte es hindurch. Der Boden ward abschüssig.

Aber plötzlich musste es innehalten. Auf einmal brach das buschige Gelände ab. Steile Felsen senkten sich nieder. Und als Homchen nun vorsichtig am Rande eine vorspringende Stelle zur freien Umschau erreicht hatte, da stutzte es in verwirrter Überraschung.

Das war ja das Meer! Eine weite Meeresbucht, von der man nach Südwesten hin gar kein Ende sehen konnte. Aber ein anderes Meer, als Homchen es kannte. Still und klar, tiefblau schimmernd breitete sich seine Fläche. Dicht unter ihm nur rauschte die Brandung unmittelbar am Fuße der Felsen. Da war kein Sumpf und kein Strand mit ragenden Echsenhälsen. Und wie mild und lau wehte die Luft herüber. Nach Westen zog sich das steile Ufer hin, soweit Homchen zu sehen vermochte. Aber was war das im Süden, ihm gegenüber? Ein ragendes Gebirge stieg drüben, weit drüben aus der Flut, und aus diesem wieder hob sich ein einzelner Gipfel hervor, und dieser Gipfel war weiß, ganz weiß. Homchen starrte auf dieses Wunder, und als es genauer hinblickte, da begann es zittern, und ein tiefer Schauer ging durch seinen kleinen Leib. Über dem weißen Gipfel lag eine leichte Wolke, die verwehte im Winde; aber immer neue Wolken stiegen aus dem Gipfel empor und breiteten sich in der Höhe aus und verschwanden langsam – eine weiße Wolke war es – ob es etwa die heiße Wolke war? Wohnte dahinter, vielleicht dort in dem weißen Gipfel, die rote Schlange? War es auf dem richtigen Wege?

Wie sollte es dahin kommen? Gab es einen Weg über das Meer? Und nun spähte es forschend nach links. Da schien das Ufer sich in weitem Bogen nach Süden zu ziehen. Zwar der Felsenrand setzte sich, immer höher aufsteigend, nach Osten fort, aber unter ihm breitete sich eine Ebene aus, und auch hinter ihr stiegen neue Berge empor, die mochten sich wohl allmählich bis zu den Bergen mit dem weißen Gipfel hin erstrecken.

Diese Ebene war mit Wald bedeckt. Aber der sah auch anders aus als der heimische. Hohe Palmen breiteten ihre Fächerkronen aus, und dazwischen schimmerte es nicht einfach grün und grau, sondern roter und weißer Farbenglanz leuchtete, und Homchen wusste nicht, was es davon halten sollte. Doch es musste gewagt werden. Eilig lief es bis nach der Stelle, wo das Meeresufer sich vom Felsenrande nach Süden hin abwandte und der Wald bis an das Wasser reichte.

Die Felsen hinabzuklettern hatte für Homchen keine Schwierigkeit. Aber nun in den fremdartigen Wald! Was für Feinde konnten dort lauern? Vorsichtig sah Homchen sich um. Da war zunächst etwas, das ihm höchst willkommen war. Hier gab es Ameisen, so viel man nur verzehren wollte. Wuchsen nicht auch Nüsse hier? Da waren ja die wunderbaren Früchte, die von oben so weiß und rot geleuchtet hatten. Aber als Homchen sie näher untersuchte, fand es, dass es nur glänzende, farbige Blätter waren, zu wunderschönen Büscheln zusammengestellt. Da blühten die Magnolien und die Tulpenbäume, das sah prächtig aus, aber es schmeckte nicht. Doch als Homchen eine der langen Schoten des Johannisbrotbaums kostete, das war gut, so etwas Herrliches hatte es noch nie gegessen. Dazu die fetten Emsen! Das gab ein Frühstück, das tröstete. Die rote Schlange musste ihm doch gnädig sein.

Weit hinten im Walde hörte es Stimmen von Tieren und sah auch merkwürdige Gestalten am Boden und in der Luft umherhuschen. Aber hier, dicht am Meeresufer, wo Homchen sich ein Plätzchen gewählt hatte, zeigte sich kein größeres Tier. Ob sie sich hierher nicht getrauten? Ob doch vielleicht die Echsen am Ufer lauerten? Homchen wagte sich auf einen Ast, der bis über das Wasser reichte, und spähte hinaus.

Das Wasser war hier ganz ruhig und durchsichtig; denn ein Korallenriff, das weiter vorn, bis an die Oberfläche des Wassers reichend, sich vorlagerte, hielt die Bewegung des Meeres ab. Über diesen schmalen Streifen aber konnte Homchen von seinem Baume aus hinüberblicken auf das weite Meer. Und während es dort hinausspähte, hörte es unter sich im Wasser ein leises Gemurmel. Fast wäre es vor Schrecken hinabgestürzt, als es jetzt direkt unter sich blickte. Was es für große, runde, mit Algen bedeckte Steine gehalten hatte, das begann sich langsam zu bewegen.

Eine Kolonie von Rudistenmuscheln hatte sich hier angesiedelt. Mehr als doppelt so lang wie Homchen saßen sie unter dem Wasser wie riesige kegelförmige Kannen fest, die jetzt ihre flachen Deckel nach und nach öffneten. Homchen sah entsetzt auf ein schleimiges Gewirr von Fäden, Bändern und Wülsten, die sich hin und her wanden, dass sich das Wasser zu trüben begann.

Was murmelten die da unten?

»Sind sie da? Sind sie da?« so tönte es.

»Wir spüren nichts, wir spüren nichts«, antworteten andre.

»Gelobt sei der heilige Fisch, der heilige Fisch!« klang es dann von allen zusammen. Es war keine richtige Sprache, es war mehr wie ein Plätschern des Wassers. Aber Homchen verstand es wohl. Natürlich wollte es auch gern wissen, was der Gesang zu bedeuten hatte. Und da es sich auf seinem Sitze sicher fühlte, so rief es hinunter:

»Quih, quih! Was tut ihr dort unten? Wer soll da sein?«
»Wer bist du, der da fragt?«, murmelten die Muscheln.
»Bist du droben im Licht, so sage uns, was du siehst. Denn
wir im Wasser vermögen nichts zu schauen.«

»Ich bin Homchen, der Kala, der die Echsen tötet.«

Das war wohl etwas übertrieben, denn Homchen hatte
bis jetzt nur den Hohlschwanz getötet. Aber es dachte, ein
wenig Selbstvertrauen kann in der Fremde nicht schaden.
Und außerdem wollte es ja noch viele Echsen töten.

»Wenn du die Echsen tötest, so töte auch die große
Schlange. Dann wollen wir dich preisen, wie den heiligen
Fisch.«

»Was sagt ihr da?« rief Homchen. »Die große Schlange?
Und töten? Ich verstehe euch nicht. Wisst ihr denn, wo die
rote Schlange wohnt?«

»Jeden Morgen öffnen wir die Schalen, und wenn wir
nicht spüren, dass die Schlangen kommen, so preisen wir
den heiligen Fisch, der sie vertrieben hat. Sonst schlichen
die bösen Seeschlangen sich heran, am schrecklichsten
ist der große Python; und wenn wir unsere Klappen öffneten um zu frühstücken, so streckte er seine furchtbare
Schnauze dazwischen und saugte uns aus. Nun aber ist es
nur selten, dass der Python kommt; darum preisen wir jeden Morgen den heiligen Fisch.«

Die Muscheln murmelten wieder. Aber Homchen konnte sich nun wieder den Kopf zerbrechen. Es gab eine böse
große Schlange, die wohnt im Meere? Das konnte wohl die
rote Schlange nicht sein? Aber der heilige Fisch, der die große Schlange tötet? Heilig war doch die Schlange, und nun
sollte es ein Fisch sein? Was doch die Tiere für seltsame
Meinungen hatten, Wer ihnen glauben wollte, was musste
der nicht alles glauben. Und wieder ging es durch Homchen

wie damals beim roten Stern, wie damals, als die Zierschnäbel fabelten, als spräche etwas in ihm: Mach auf die Augen
und trau dir selbst.

Und es war ein Glück, dass Homchen die Augen auf-
machte. Da drüben auf dem Meere bewegte es sich. Bald
tauchte ein langer roter Rücken, bald ein Hals mit furcht-
barem, von Zähnen starrendem Kopf aus der Flut und näherte sich mit großer Geschwindigkeit. Das war wirklich
eine Schlange, eine schreckliche Schlange, länger als die
größte Echse. Rötlich schimmerten ihre Schuppen in der
Sonne, wenn sie den großen Bogen beschrieb, mit dem sie
sich vorwärts schnellte. Die rote Schlange? Das konnte
doch nicht sein. Und der Kopf sah ganz aus wie der einer Echse mit dem furchtbaren Rachen. Das alles ging im
Augenblicke durch Homchens Kopf, und der Echsentöter
schauerte zusammen und rief:

»Die Schlange kommt!«

Da hörten die Rudisten auf zu murmeln und begannen
ihre Schalen zuzuklappen, so schnell das eben gehen wollte. Homchen aber zog sich noch höher hinauf am Baume
und lugte unter dichtem Laub versteckt aufs Meer hinaus.

Die Schlange kam furchtbar schnell nahe, hoch aus den
Wellen springend, als flöhe sie vor einem geheimen Feinde
in der Flut.

Nun war sie ganz deutlich zu sehen. Sie steuerte auf das
Korallenriff hin. Und nun hob sie sich hinauf. Da erkannte
Homchen, dass es keine Schlange war. Das Tier hatte vier
kurze Beine mit Ruderfüßen. Aber es konnte doch damit
langsam über das Riff kriechen. Jetzt war sie herüber und
glitt in das stille Wasser. Hier mochte sie sich vor ihrem
Feinde sicher fühlen.

Es war wirklich der fürchterlichste Feind, der sich für ein im Wasser lebendes Tier erdenken lässt. Ein Hai verfolgte die Seeschlange. Aber was für ein Hai! Wenn er sich ausstreckte, so maß er an Länge nicht viel weniger als der riesige Python selbst. Und wenn er das ungeheure Maul aufriss, so gähnten Reihen von spitzen Zähnen entgegen, doppelt so lang wie Homchens ganzer Körper. Vor diesem entsetzlichen Raubtier flohen die größten Drachen des Meeres, floh auch die Riesen-Seeschlange. Jetzt ringelte sie ihren langen Leib behaglich in der warmen, stillen Bucht umher...

Da sah Homchen auf einmal diesseits des Riffs einen Gegenstand aus der Flut ragen, der sich rasch näherte. Es war die hohe Rückenflosse des Hais. Es musste dort weiter draußen einen Durchgang geben, durch den er hinter das Riff gelangen konnte. Nun erkannte Homchen deutlich, dass es ein riesiger Fisch sei, ein Fisch, wie es nie gedacht, dass er leben könne. Aber auch die Schlange hatte ihn bemerkt. Sie eilte aufs Ufer zu. Der Fisch hinter ihr her. Und er war schneller als sie. Gerade in der Richtung, wo Homchen saß, floh die Schlange. Nun bäumte sie sich zum letzten Schwunge, um mit den Vorderfüßen das Ufer zu erreichen. Der Fisch hatte sich auf den Rücken geworfen. Homchen sah seinen weißen Bauch glänzen – nun schnellte er sich mit einem krachenden Schlage seines Schwanzes in die Höhe, und der weit aufgerissene Rachen erfasste die Schlange in der Mitte, die Zähne schlugen zusammen, in zwei Teil zerschnitten sank der Python ins Wasser zurück. Blut trübte rings das Wasser, darin die zerrissene Schlange sich bäumte, bis Stück auf Stück im Rachen des Hais verschwand...

Von Grausen erfasst saß Homchen wie gebannt in seinem Versteck. Aus der größten Nähe hatte es den Kopf des Pythons gesehen. Gewaltiger waren auch die gefährlichsten Echsen nicht. Und diese Riesenschlange zerstückelte, verschluckte der Hai. Nun wusste es, warum es an diesem Ufer keine Echsen gab. Aber es wusste noch etwas. Es gab noch ein stärkeres Tier als die Gewaltigen im Drachenmoor. Wenn der Hai kam … Und in seinem grausigen Schreck durchzuckte es Homchen wie ein erlösendes Gefühl – es ist nicht wahr, dass die Echsen die Herren der Erde sind! Die Zierschnäbel haben wieder nicht recht!

Aber freilich, ist es denn darum besser um die Säuger bestellt? Doch gewiss! Die Fische können ja nicht auf das Land. Aber ob sie in das Moor können, in das flache Wasser der Echsen?

Wehe dann den Echsen! Und ob etwa dann die Echsen auf das Land getrieben werden, gar in den Wald?

Und warum war der große Fisch noch nie ans heimische Gestade gekommen? Schwamm er nur im warmen Meere? Warum war das Meer warm?

Ach, es gab so viel, so viel zu denken.

Und wie weit war die Welt!

Und Homchen schaute mit großen Augen wieder über das Meer.

Das warme Meer

Der Hai hatte sich entfernt.

Ruhig und klar lag wieder die Flut und spiegelte die grünenden, blühenden Zweige der Bäume.

Homchen sprang auf den Boden und wagte sich an den Uferrand. Da lag etwas Schreckliches. Im Todes-

kampf war der vordere Teil der Schlange bis ans Ufer ge-
schnellt, und das spitzige Gebiss hatte sich in den Wasserpflanzen dort festgezahnt. Soweit der Hai sich dem
Ufer hatte nähern können, hatte er den Hals abgerissen
und verschlungen. Aber der gewaltige Kopf, doppelt so
groß als Homchen, war hängen geblieben. Den musste
Homchen natürlich näher betrachten. Ein geschickter
Sprung brachte es auf den Kopf, der senkte sich unter
seinem Gewicht ein wenig tiefer zwischen den Blättern
und schwankte dort im Wasser auf und ab. Homchen
schaukelte sich darauf hin und her, als säße es auf einem
jungen Buchenast. Es freute sich, dass ein so grimmiges
Geschöpf aus dem Geschlecht der bösen Säugerfeinde
unter seinen Füßen lag.

Da vernahm es wieder das Murmeln der Rudisten, jetzt
dicht unter sich. Die ungeschlachten Seemuscheln hatten
ihre Riesendeckel aufs neue geöffnet. Homchen wusste,
dass es von ihnen nichts zu befürchten hatte, und blieb
ruhig sitzen. Zu seiner Verwunderung vernahm es den
Wassersang der Muscheln.

»Gelobt sei Homchen, der Schlangentöter! Der die Echsen schlug, der tötete die große Schlange des Meeres! Gelobt sei Homchen!«

»Aber ich war es ja gar nicht«, rief Homchen, »der die
Schlange tötete. Es war der Fisch ...«

Die Rudisten ließen sich nicht stören. Sie murmelten
weiter.

»Die Schlange kam, uns warnte Homchen, der kluge
Held. Die Schlange kam, wir schlossen die Schalen. Es war
Nacht. Wir sehen nicht den Fisch. Wir sahen im Wasser
die Zähne der Schlange. Die Schlange ist fort, Homchen
hat sie gefressen.«

»Ich die Schlange gefressen? Ihr törichten Muscheln! Wie soll die Schlange in mich hinein, in das kleine Homchen, die Schlange, die hundert Mal so groß ist?«

»Es sieht's die Sonne, es rauschen's die Wasser, Homchen sitzt auf dem Haupte der Schlange. Homchen, der Sieger, er sei gepriesen! Lasset uns singen den Sang von Homchen! Homchen ist groß, ist größer als die Schlange! Homchen ist weise. Es ist klein, es ist groß. Es ist klein bei den Freunden, es ist groß, wenn der Feind kommt. Homchen ist heilig wie der Fisch! Lasset uns singen den Sang des Dankes!«

Homchen schüttelte den Kopf. Aber die Muscheln sangen weiter, und das wollte es doch hören. So blieb es auf seinem Platze sitzen. Es rief nur noch einmal:

»Wenn ihr mir Dank sagen wollt für die Warnung, so sagt mir, wie ich zu der roten Schlange gelange.«

»Die rote Schlange ist tot...«

»O, ihr versteht mich nicht. Ich meine, wie komme ich drüben zu dem weißen Berg mit der Wolke?«

»Wir kennen nicht die Tiere des Landes und nicht die Berge. Aber wir kennen den Sang des Wassers.

Das Meer ist mächtiger als das Land. Aus dem Meere kommen die Tiere alle. Aus dem Meere kommen die Echsen. Aber die Fische wurden mächtiger als die Echsen. Da flohen die Echsen vor ihnen ins Moor, und vom Moor flohen sie auf das Land. Und es ward ein Wall um das warme Meer, da hinüber konnten die Fische nicht. Doch es rauscht das Meer und zerbricht das Land, und der heilige Fisch wird schwimmen mit dem warmen Wasser nach dem kalten Lande, und das kalte Meer wird fließen nach dem warmen Lande, und die Echsen werden erfrieren, oder sie werden gefressen vom heiligen Fisch. Und das Kalte wird warm, und das Warme wird kalt. Gepriesen sei Homchen, der Sieger.«

»Das versteh' ich nicht«, sagte Homchen. »Ihr scheint mir eine etwas verworrene Gesellschaft.«

Die Muscheln raunten weiter, es klang jetzt wie eine Klage:

»Das Kleine wird groß und das Große wird klein. Das Meer ist mächtiger als das Land. Aber es kommt die Zeit, da wird das Land mächtiger als das Meer. Wir singen den Sang des Strandes. Einst schwammen wir frei, nun sitzen wir fest. Homchen springt auf dem Lande. Es ist klein, es wird groß. Wir sind groß, wir werden klein. Homchen frisst die Schlange, Homchens Söhne fressen die Muscheln. Und das Land wird herrschen über der Meer, und Homchens Söhne schwimmen über das Meer und töten den heiligen Fisch. Gepriesen sei der Mächtige, der größer wird als der Fisch!«

Da rief Homchen laut: »So sagt mir doch schon, wie komm' ich zum weißen Berge?«

»Geh hinab am Strande des Meeres, bis an den großen Fluss. Jenseits des Flusses beginnt der Berg, der bis in den Himmel geht.«

»Aber wie soll ich über den Fluss gelangen?«

»Setze dich ans Ufer und singe den Sang des Wassers: »Das Kalte wird warm, und das Warme kalt.« Dann wird die große Schildkröte kommen und dich hinübertragen. Gepriesen sei Homchen, das die Schlange fraß!«

Und die Muscheln fingen wieder an zu singen Da rief Homchen: »Habt Dank und lebt wohl!« und sprang fort am Ufer des Meeres entlang, nach Süden.

Einen so schönen Berg war Homchen noch nicht entlang gesprungen. Der Schatten der Bäume reichte bis ans

Ufer, dort aber war ein schmaler Streifen moosiger Felsen, auf deren weichem Rücken Homchen schnell von Rundung zu Rundung setzen konnte. Zur Rechten lag das weite Meer tiefblau glänzend, nur von dem weißen Streifen der leichten Brandung draußen am Korallenriff durchzogen. Wild wehte die Luft herüber. Zur Linken dehnte sich der dunkle Urwald. Schlinggewächse zogen sich von Baum zu Baum, und bunte, duftende Blätterbüschel, die Homchen nicht kannte, glühten zwischen den Zweigen. Drinnen im Walde hörte wohl Homchen die Stimmen großer Tiere. Es sah auch in der Luft etwas hin und her huschen, das es für Käfer oder Libellen hielt. Aber auf diesem schmalen Streifen zeigte sich kein Tierleben. Es war, als wäre hier ein heiliger Weg, wie für Homchens Pilgerfahrt bereitet. Homchen hatte jetzt keine Zeit darüber nachzudenken, warum sich kein Tier hier zeigte. Der dumpfe Gesang der Rudisten summte ihm im Kopf; aber auch darüber sann es jetzt nicht nach, es blickte nur auf den Weg und schaute um, ob irgend eine Gefahr drohte. Und dazwischen sah es nach dem weißen Gipfel mit der weißen Wolke, der sich halb rechts von seiner Wegrichtung erhob. Kam er denn näher? Oder sank er fort? Andre Berge vor ihm schoben sich höher und höher empor, und nur noch die äußerste Spitze ragte herüber.

Schon näherte die Sonne sich dem Spiegel des Meeres, da wendete sich der Waldrand nach links und Homchen stand vor einem Meeresarm. Das war wohl die Mündung des Flusses. Hier gönnte es sich Ruhe. Zwischen den vorderen Bäumen des Waldes suchte es sich vorsichtig seine Abendmahlzeit. Dann setzte es sich, an einer süßen Frucht knabbernd, auf einen Vorsprung des Ufers, um nach der Schildkröte Ausschau zu halten.

Aber es konnte nichts entdecken. Und als es mit seiner Mahlzeit fertig war, wendete es sich daher am Ufer entlang, das jetzt nach links ging. Es war nicht mehr so bequem zu wandern. Homchen musste sich auf die Bäume schwingen, deren Wurzeln zum Teil im Wasser standen. Dazu ging die Sonne unter. Homchen sah aber an der Farbe des Wassers, dass hier nicht mehr das blaue Meer wogte. Es war also richtig an den Fluss gekommen, von dem die Muscheln gesprochen hatten. Gelblich wälzten sich seine Fluten und führten Baumstämme und Grasbüschel mit sich herab. Jetzt durfte es nicht weiter am Flusse hinauf, es musste hinüber.

Der starke Ast eines Baumes streckte sich dicht über dem Wasserspiegel aus. Auf diesem kroch es vorsichtig hinaus. Die letzten dünneren Zweige bogen sich unter seinem Gewicht bis auf das Wasser. Homchen dürstete. Es neigte sich herab und kostete das Wasser. Es war süß, löschte den Durst.

Erfrischt zog sich Homchen ein Stück auf dem Aste zurück und schaute sich um. Es war dunkel geworden. Weit drüben standen die Bäume des anderen Ufers wie ein schwarzer Streifen, nach dem Meere vermochte man nicht mehr hinauszusehen.

Aber über dem schwarzen Streifen, am Nachthimmel, was war das? Rotglühend erhob es sich, ein Feuerstreifen, und breitete sich dann aus, in rosigem Glanze wogend, eine große leuchtende Wolke, in immer neuen Gestalten quoll es nach den Seiten, nach der Höhe, hier rund und voll wie der Rücken des Iguanodon, dort spitzig und scharf wie der Kopf der Echsen, und da lang und gewunden wie ... wie eine Schlange – die rote Schlange – so mächtig, so groß, so geheimnisvoll ...

Und der dunkle, leis rauschende Fluss, und der einsame schwarze Streifen, und drüber, drüber die rote Schlange …

Homchen bebte in heiligem Schauer. War sie es doch, die rote Schlange, die nun vor ihm auftauchte? Die große, geheimnisvolle, der die Welt gehorchte? Und ihres Anblicks ward Homchen gewürdigt? Sie selbst ward ihm sichtbar, ihm, das sich nach ihr gesehnt, zu ihr gebetet aus innerstem Herzen? Heilige, rote Schlange, erhöre mich! Weise mir den Weg, der erlöst von der Gewalt, der uns frei macht, die wir dich ehren!

Und kaum wissend, was es tat, summte es den Sang des Meeres: »Das Kalte wird warm und das Warme wird kalt! Und das Große wird klein, und das Kleine wird groß …«

Da rauschte unten das Wasser, ein breiter Kopf hob sich herauf, und dann eine große, schwarze Schale. Zwei gewaltige Ruderfüße, die fast wie Flügel aussahen, drängten das Wasser zurück. Und von der nassen, spiegelnden Schale glänzte die rote Wolke dunkel schimmernd wider.

Homchen schauderte zurück. Auf dieses wunderbare Panzertier sollte es sich wagen, und hinein in die dunkle Flut?

Da klang es dumpf von unten:

»Bist du Homchen?«

»Ich bin es.«

»So springe!«

Homchen zögerte. Da sprach die Schildkröte noch einmal:

»Springe auf meinen Kopf, so will ich dich tragen. Über meinen Rücken flutet leicht das Wasser, du könntest hinabgespült werden. Aber merke wohl: Wenn du auf meinem Kopfe sitzest, so sprich nicht und frage nicht. Denn nur am Strande dürfen die Tiere des Meeres reden. Fern dem Ufer ist der Laut der Stimmen verboten. Wenn ich aber wieder sage: Springe!, so spring eilend von meinem Kopfe, wohin es sei. Denn dann ziehe ich den Kopf ein und versinke.«

»Aber wohin denn soll ich springen, wenn es mitten im Wasser ist?«

»Ich werde es nicht sagen, bis du in Sicherheit springen kannst, es sei denn, dass du das Gebot verletzest und redest. Denn dann muss ich versinken.«

»Warum aber ist dir das geboten?«

»Frage nicht, was wir nicht wissen. Wir dienen dem Meere in Gehorsam. Die Gebote prüfen den Gehorsam. Wer klug sein will, statt gehorsam, der wird im Meere nicht geduldet. Denn das Meer ist Eins.«

»Sind die Rudisten so klug gewesen, so dass sie jetzt am Strand angewachsen sein müssen?«

»Was sind das für fortwährende Fragen? Die Rudisten sind Narren und Schwätzer. Sie werden klein werden am Lande. Ich aber werde sinken in die Tiefe, und in der Tiefe werden meine Enkel leben für alle Zeiten.«

»Und nie klüger werden als du?«

»Das will ich hoffen. Doch jetzt komm und springe.«

Noch immer zögerte Homchen. Wie durfte es sich dem Meere anvertrauen? Es wollte ja doch klüger werden.

Da blickte es wieder auf die rotschimmernde Wolke. Vor ihm stand der Entschluss: Zur roten Schlange! Und wenn es sein Verderben sein sollte! Und es dachte daran: Die Tiere können irren, glaub' an dich selbst, wage, was du für recht hältst. Und mit einem entschlossenen Sprunge setzte es auf den Kopf der Schildkröte. Da gab es allerlei Hervorragungen, an denen es sich festhalten konnte. Und kaum saß es dort, so begann die Schildkröte zu schwimmen.

Die Fahrt ging langsam. Nur der Kopf der Schildkröte ragte über das Wasser. Da saß Homchen dicht an den Wellen, die bis nahe an seine Füße spielten. Jetzt, ganz zwischen dem Wasser schaukelnd, sah es bald nichts mehr als den Himmel und ein Stück der im Sternenlicht und im Schein der roten Wolke schimmernden Wasserfläche. Noch nie war es auf dem Wasser gewesen. So ganz allein auf der Welt! So verlassen, so gefesselt von der tödlichen Flut, die es verschlang. Und nicht reden dürfen, nicht fragen.

Mitunter tauchte etwas Dunkles in seinem Gesichtskreise auf. Dann hielt die Schildkröte in ihrem Schwimmen inne, bis es vorüber war. Gar zu gern hätte Homchen gefragt, was das sei. Waren es Tiere? Waren es Baumstämme? Aber es zwang sich zur Ruhe. Wenn die Schildkröte versank, war es verloren. Sein einziger Trost war die rote Wolke, zu ihr blickte es andächtig empor.

Und nun stieg unter der roten Wolke – eine Stunde mochte vergangen sein oder zwei, Homchen wusste es nicht – ein dunkler Streifen wieder auf... Das andere Ufer. Höher rückte er hinauf, immer mehr von der roten Wolke verdeckend. Hoffnungsfroh blickte der kühne Seefahrer hinüber.

Da plötzlich, wie sich die Woge hob, sah Homchen ganz in der Nähe ein schwarzes Ungetüm auftauchen, ein breiter Rücken, zackige Arme oder Füße ragten hervor. Auch die Schildkröte hatte es gesehen, sie hielt inne, aber der schwimmende Koloss war schon zu nahe, er rückte gerade auf die Schildkröte zu, die nicht schnell genug wenden konnte. Es schien Homchen als ob sich einer der zackigen

Arme nach ihm ausstreckte, und in seinem Schrecken rief es, alle Gebote vergessend:

»Halt, halt! Was ist das?«

»Springe!« Dröhnte es dumpf aus der Schildkröte.

Homchen wusste, im nächsten Augenblick würde die Schildkröte ihren Kopf zwischen ihre Schalen ziehen. Dann war es verloren. Es musste sogleich springen, sonst hatte es keinen Boden mehr unter sich, um sich den Schwung zu geben. Und was es begriff, das tat es sogleich. Es schwang sich todesmutig in die Höhe, auf das Ungeheuer zu, das jetzt unmittelbar vor ihm schwamm. Es kam auf seinen Rücken und klammerte sich an. Der Rücken war nass und weich. Es konnte seine Krallen tief einschlagen. So verharrte es eine Weile in angstvoller Betäubung.

Die Schildkröte zog ihren Kopf und ihre Füße ein und versank lautlos in die Tiefe.

Homchen musste sich bald wieder besinnen. Denn das Ungetüm drehte sich langsam unter ihm hin und her, und es musste auf seinem Rücken hinklettern, um nicht ins Wasser getaucht zu werden. Und nun wurde es wenigstens von einer großen Furcht befreit. Bei dem Hin- und Herkriechen bemerkte es, dass dieses Ungetüm nichts andres war als ein abgestorbener großer Baumstamm mit zackigen Ästen, den der Fluss mit sich führte. Von ihm hatte es nichts zu befürchten.

Aber um so schlimmer war nun die andre Sorge. Wie sollte es an das andere Ufer gelangen? Unaufhaltsam rückte der Stamm flussab. Noch sah es das Ufer nicht weit von seiner Linken, aber der Stamm näherte sich ihm nicht, Und jetzt trat auch das Ufer zurück. Homchen kletterte auf einen der in die Höhe ragende Äste, um Umschau zu halten. Aber nur wenige Augenblicke blieb es in der

Höhe. Denn unter seiner Last drehte sich der Ast mit dem ganzen Stamme, und es musste schnell wieder nach dem Stamme zurück. Doch der Stamm hatte dadurch eine ruhigere Lage angenommen, und nun konnte es wenigstens ein Weilchen in einer Höhlung still sitzen und überlegen.

Oben von der Höhe hatte es gesehen, dass sich vor ihm das Meer unermesslich ausdehnte. Im Schimmer der roten Wolke und des jetzt aufgehenden Mondes funkelten die Wellen in rotem Golde. Homchen aber schwamm hinaus – verloren ... unrettbar ...

Über den Tieren

Wo hinaus? Wo hatte das Meer ein Ende? Konnte Homchen bis dorthin auf seinem Baumstamm treiben?

Aber das war ja nicht möglich – etwas anderes fiel ihm ein – wenn es hinauskam ins Meer, da schwammen die gewaltigen Meerechsen, da lauerte der furchtbare Hai ...

Und nun duckte sich Homchen zusammen in die Höhlung des Stammes und wagte nicht hinauszuschauen – hier saß es zitternd.

Homchen, das den Hohlschwanz tötete, das die Riesenseeschlange gefressen haben sollte ... Nein, nein, daran war es unschuldig, dessen hatte es sich nicht gerühmt, das hatten ihm die Tiere nur angedichtet ... Aber wenn es sich nicht des Sieges über den Hohlschwanz gerühmt hätte, dann wäre ihm auch der falsche Ruhm nicht geworden. Hatte es sich nicht überhoben, sich gebläht im Selbstvertrauen? Zürnte ihm darum die rote Schlange? Wage zu denken, glaube an dich selbst! Wenn es nun falsch gedacht hatte, wenn es nun ebenso im Irrtum war wie die anderen Tiere? Nein, die Zierschnäbel konnten nicht recht haben, aber vielleicht hatte es selbst auch nicht recht ... was hatte es dann getan!

Welch fürchterliche Verantwortung hatte es auf sich geladen, indem es den Zorn der Echsen reizte!

»O meine armen Eltern, meine Brüder im Walde! Erst mussten sie den Schmerz erleiden, dass der Wald mich bannte, dass ich sie nicht sehen darf. Und nun werden die bösen Echsen kommen mit ihrer Riesenkraft, sie werden den Wald niederreißen, sie werden die Säuger alle aus ihren Nestern treiben und sie vernichten. Das Verderben wird hereinbrechen über die Tiere des Waldes durch meine Schuld! Durch meinen Frevel!«

So klagte Homchen in tiefer Reue.

Wenn es von der roten Schlange erfahren hätte, wie die Säuger zu befreien seien, dann wollte es zu ihnen eilen und ihnen die rettende Botschaft bringen. Dann würde man es mit Freuden wieder aufnehmen und den Bann lösen, und die Freunde würden es als Retter preisen. Und nun trieb es hinaus in den Schlund des Meeres, in den Rachen des Hais! Wie sollte es Botschaft senden von der furchtbaren Gefahr, die den Seinigen drohte? Wohl, sie hatten Homchen gebannt, aber trotzdem musste es sie warnen. Wenn sie nicht anders zu retten waren, so konnten sie doch rechtzeitig flüchten. Aber hier gab es keine Boten.

Vertraue Dir selbst – sich selbst, dem kleinen Homchen? Ja, wenn es das getan und nur dabei an sich gedacht hätte, das wäre wohl Überhebung gewesen. Aber so war es ja gar nicht gemeint. Nur der Stimme hatte es geglaubt, die in ihm sprach. Und diese war nicht die eigne Stimme, es war die Stimme der roten Schlange, die Stimme, die nicht aus ihm allein sprach, sondern aus alledem, was mit ihm zusammen war, sein Geschlecht, der Wald, die Säuger rings und ihre Not, die Sonne die Wärme, die Sehnsucht…

Aber das Meer? War das Meer feindlich?

Was hatte die Schildkröte gesagt? Das Meer will Gehorsam, das Meer ist Eines. Es will nicht Klugheit, es will Gehorsam.

Aber das Land? Das Land war Vieles. Wem sollte man gehorchen? Schwebte nicht die rote Schlange über dem Lande? Und dann – ja, das war's! Das war's. Das Land war Vieles, und nur dem Einen konnte man gehorchen, und so musste das Land Eines werden. Das Viele zum Einen machen! Das ist es, was wir müssen. Alles zusammenfassen, zusammenpassen. Das aber ist Denken, das ist klug sein! Klug sein müssen wir, damit wir wissen, wem wir gehorchen, damit wir Eines werden, wir alle am Lande, die uns widerstreben. Eines muss sein, in uns, das wir suchen sollen, und der Weg es zu suchen, das ist unser Nachdenken, und indem wir es alle suchen, sind wir Eines, und dieses Eine ist das Gesetz der roten Schlange.

Und wodurch allein kann das Eine in mir offenbar werden? Indem ich selbst in dem Einen bin, erkenn' ich's in mir selbst. Ich überhebe mich nicht, ich erkenne nur in mir selbst, was in allen ist, und in mir allein kann ich's erkennen. Dem will ich treu sein. Ein jeder in sich, aber für alle. Was in mir spricht, dass ich's versteh' und glaube, das muss es sein, was die rote Schlange in mir will. Das will sie mir sagen.

Und wenn ich so denken musste, wie ich tat, dass ich den Hohlschwanz schlug, dass ich gebannt wurde, dass ich die Echsen belauschte, dass ich den Weg fand zur roten Schlange, so war's, damit ich das Eine fände, dem wir gehorchen sollen. Und wenn die Schildkröte mich verließ und der Baumstamm mich ins Meer führt und der Hai mich verschlingt und die Meinen vernichtet werden, so wird es doch der rechte Weg sein, damit das Eine werde.

Vertraue dir selbst, und wenn das kleine Homchen vergeht, so wird das große Eine dadurch gefunden; und dann wird sich's zeigen, was gut ist.

Ganz groß waren Homchens Augen geworden; Es sah nichts um sich her, es wusste nichts vom rauschenden Wasser, das den Baumstamm stärker und stärker schaukelte. Es war nicht mehr Homchen. In ihm lallte die Stimme des Ewigen, die Stimme, die in nachkommenden Geschlechtern sprechen sollte, bis sie einst das Wort finden würden für das, was Homchen jetzt nur das Eine nannte, was als die rote Schlange ihm auf dem Weg zu geahntem Ziele leuchtete.

Aus den schimmernden Sternen strahlte es, es rauschte aus dem wogenden Meere, es dampfte im Glutstrom des Vulkans und es bebte im arbeitenden Hirn des kleinen Ahnen der Menschheit, noch eine Zauberformel, aber wirkend im Seelendunkel – die Idee!

Nun spritzte Wasser in Homchens Höhlung, und es fuhr empor aus seiner Entzückung, aber es ängstigte sich nicht mehr. Es kletterte am Aste empor, wie sehr der auch schwankte. Und, o Himmel, was sah es da? Der Baumstamm trieb rückwärts, vom Meere fort. Nahe vor ihm lag das waldige Ufer, die rote Wolke schwebte jetzt zu seiner Rechten.

Die Flut war gekommen.

Immer näher rückte das Ufer. Schnell war die Strömung; wenn der Stamm so fortschoss, so warf ihn die Woge gegen den Strand und Homchen mochte zerschellt werden. Aber Homchen war wieder voll Mut. Es kletterte und sprang kühn von Ast zu Ast, wie es das Gleichgewicht des treibenden Stammes erforderte, und nun, nun passte es den Augenblick ab ... Auf dem ragenden Ast kauernd ward es in den weißen Schaum hinausgetrieben, der am

Ufer aufspritzte, da schnellte es sich kräftig hinaus gegen den hohen Baum, der jetzt ganz im Wasser stand und einen Ast weit hervorstreckte, und seine Krallen fassten den Ast. Da saß es, zitternd von Anstrengung und Freude – es war gerettet.

Und nun schnell weiter hinauf in den Wald, so müde es auch war. Von Ast zu Ast durch die Bäume, unbekümmert um die Stimmen der Tiere, bis der Wald lichter wurde. Da verkroch es sich in ein leeres Astloch, gerade als die erste Dämmerung sich verriet, und entschlief.

Als Homchen erwachte, war es lichter, warmer Tag. Es suchte sich eilends ein Frühstück und sprang dann hinauf durch den Wald, dessen Bäume immer weiter auseinander rückten. Steil stieg der Berg in die Höhe. Und nun kam ein kahles Trümmerfeld. Von dem weißen Berge konnte Homchen nichts sehen, nur eine schwache weiße Wolke hoch oben verriet ihm die Stelle. Und in dieser Richtung kletterte es unermüdlich bergan. Jetzt ging es wieder über Grashügel.

Es war seltsam. Wenn es daheim die Grashügel hinaufsprang, so dauerte es nicht lange und der Hügel senkte sich wieder herab. Auch hier kam wohl einmal eine kurze Senkung, dann aber ging's immer wieder hinauf und weiter hinauf, und kürzer wurde das Gras und heißer schien die Sonne. Die brannte auf das Fellchen. Hin und wieder kam noch ein dürftiger Waldstreifen, da erholte sich Homchen im Schatten. Nun schaute es wieder vor sich einen weiten, weiten Abhang, der schien gar kein Ende zu haben. Aber an dem Abhang rannen kleine Wässerchen herab, und da sah es noch etwas Seltsames, das war ihm noch nicht vorgekommen. Waren das Käfer die dort saßen? Doch sie saßen so still. Und Homchen sprang näher hinzu.

Da waren kleine blaue Sternchen, die hatten in der Mitte ein schönes gelbes Auge, mit dem sahen sie Homchen verwundert an und wiegten sich hin und her, aber flogen nicht fort. Und Homchen sah jetzt, dass sie an Stielen saßen, die im Boden wurzelten, gerade wie das Gras, und dass sie sich hin und her wiegten; das machte der Wind. Hatte das Gras hier Augen? Und da waren andere, die glänzten rosig und rot und wehten wie mit feinen Bärten.

Und wieder andere, weiße, die hatten gar ein Pelzchen über ihre Blätter gezogen, damit sie nicht froren. Denn kalt war's freilich hier an den Stellen hinter den Felsblöcken, wo die Sonne gerade nicht hinschien.

Vorsichtig schlüpfte Homchen weiter bergan, denn es wollte die Augen der Wiese nicht zertreten. Und zwischen den Augen summte es leise; das waren aber nicht Käfer oder Fliegen, wie Homchen sie gut kannte; wenn sie auch ähnlich aussahen so waren sie doch feiner. Die schwebten um die Augen, und in manche krochen sie sogar hinein, und dann kamen sie heraus und ihre Beinchen waren mit gelbem Staub bedeckt; so flogen sie wieder in ein anderes Auge, das nickte ihnen freundlich zu, als wollte es sagen: Komm nur, komm zu mir!

Was war das aber da drüben? Da hatten sich ja die Augen von den Stielen gelöst und flatterten frei in der Luft umher! Und wie schön und groß waren die fliegenden Augen – gelb und blau und rot mit zierlichen schwarzen Zeichnungen, noch schöner schillernd als die glänzenden Panzer der kleinen Echsen...

Im Uferschatten kauerte Homchen sich nieder und trank von dem klaren, kalten Wasser. Und dann fragte es leise:

»Wer seid ihr denn, ihr schönen Augen, was tut ihr hier?«

Die Augen antworteten nicht. Sie blickten nur immer empor nach der goldenen Sonne und nickten leicht, und Homchen verstand wohl, das hieß: Wir sind zufrieden.

Aber die Boten, die zwischen den Wiesenaugen flogen, summten um Homchen und sangen vernehmlich:

>»Wir summen und saugen
An Blumenaugen,
Wir suchen den Honig, den süßen Raub.
Wir holen und bringen
Auf duftenden Schwingen
Von Blüte zu Blüte den segnenden Staub.«*

Und eine große, dicke Hummel, die auch ein Pelzchen anhatte und gelbe Höschen von Blütenstaub, setzte sich gerade vor Homchen hin und sagte behaglich:

»Wo kommst du denn her, du großes Pelztier, dass du uns nicht kennst? Weißt du nicht, was die Blumen sind? Wie groß müssen die bei euch sein, wenn so ein Riese, wie du, hineinkriechen soll?«

»Blütenstaub, den kenn' ich wohl, von den Weidenkätzchen fliegt er im Winde. Aber die lieben, kleinen, bunten Blumen hab' ich noch nicht gesehn. Was tun die hier?«

»Honig tragen sie, der uns gut schmeckt. Und damit wir immer Honig haben und immer leichter die süße Pforte finden, so tragen wir ihnen zu Gefallen den Blütenstaub von einer zur anderen, denn dann werden sie immer schöner und bunter, die Blumen.«

»Und was tun sie selbst, die Blumen?«

»Schön sein und süß sein.«

»Und weiter nichts?«

»Ist das nicht genug? In die goldene Sonne schauen sie, da werden sie schön und süß.«

»Und die Blumen, die dort herumfliegen, das sind doch die schönsten. Die haben wohl den süßesten Honig?«

»Die? O du törichtes Pelzriesentier! Das sind ja Schmetterlinge, die gehen uns nichts an. Das sind Nichtstuer.«

»Das sind keine Blumen? Aber was seid denn ihr?«

»Vergnügt und fleißig.«

»Und die Schmetterlinge?«

»Vergnügt und verliebt.«

»Da habt ihr hier keine Sorgen? Fürchtet ihr euch nicht vor den Echsen?«

»Echsen? Was ist das?«

»Ihr kennt die Echsen nicht? O, so könnt ihr freilich vergnügt sein. Das sind die bösesten Tiere und die stärksten. Aber ...«

»Was ist böse?«

»Das weißt du nicht? Böse ist, wer gegen das Gesetz handelt von Meer und Moor, von Wald und Berg, von Echsen und Säugern, das die rote Schlange gegeben hat.«

»Das versteh' ich nicht. Was ist Gesetz? Wer ist die rote Schlange?«

»Du kennst die rote Schlange nicht? Du weißt nicht, was böse ist? Und doch lebt ihr, und seid froh und vergnügt, und esst süßen Honig, und fürchtet nichts, und alles ist schön um euch, und tausend Wiesenaugen lachen euch an? Das versteh' ich nicht. So denkt ihr wohl auch nicht nach?«

»Ich glaube nicht, denn ich weiß wenigstens nicht, was das ist. Wenn die Sonne scheint, so blühen und duften die Blumen, und der Honig fließt, und die Immen summen. Und wenn sie nicht scheint, so sitzt man im Dunkeln und schläft, da fühlt man nichts, da weiß man nichts. Man ist froh, oder man ist überhaupt nicht. Was soll es da noch weiter geben? Aber jetzt scheint die Sonne, da muss ich summen. Ade, ade, ade!«

Die Hummel flog fort. Die Blumen dufteten und leuchteten, und Frieden lag über den Höhen im klaren Sonnenschein, und der Wind wehte sanft um die summende, flatternde Welt. Homchen blieb still sitzen, es wusste nicht, was es denken sollte. Und während es so vor sich auf den Boden starrte, sah es etwas Längliches, Braunes daliegen, als ob's irgend eine Frucht sei. Aber auf einmal schien es sich zu bewegen. An dem einen Ende zeigte sich eine Öffnung, und es kam etwas herausgekrochen, ein kleines längliches Tier. Das blieb eine Weile still sitzen. Dann rollte sich ihm an den Seiten etwas auseinander, zwei bunte, schimmernde Flügel, die breiteten sich aus. Und nicht lange dauerte es, da bewegte es die Flügel hin und her, und auf einmal flog es in die Luft als ein leuchtender Schmetterling und setzte sich oben auf einen Felsblock in die strahlende Sonne.

Es war Homchen, als müsste es dem Schmetterling noch länger zusehen, und so kletterte es auch auf den Felsen. Aber als es hinauf kam, war der Schmetterling schon fortgeflogen. Nun sah es jedoch, dass hinter dem Felsen wieder andre Felsen aufstiegen, und dass es hier viel schneller in die Höhe käme, als wenn es auf der Wiese fortliefe. Und so kletterte es immer weiter und wusste kaum, was es tat. Es war in ihm wie ein leises Klingen, das es noch nie vernommen. Es hatte den Wald vergessen und das Moor, es wusste nichts mehr von rasselnden Drachen und vom grausigen Hai und nichts von den Reden der Zierschnäbel und von den klugen Gedanken des Igels. Und auf einmal merkte es, dass es hier nicht weiter in die Höhe ging. Da blickte es sich um.

Es erschrak. Es war ihm, als wenn es herabstürzen müsste, und es klammerte sich fest Und doch hatte es keine Furcht. War denn das die Welt, was es da sah? Und war es denn ganz allein in der Welt? Da war kein Gras und keine Blume mehr, keine Imme und kein Tier, und kein Laut ringsum. Aber unter ihm, tief unten lagen grüne Wiesen und dunkle Wälder und dahinter der Himmel – alles Himmel – nein, das war das Meer und der Himmel, die zusammenflossen in eine kristallene Wölbung.

Es drehte sich weiter zur Seite... Da blendete ein Glanz seine Augen, dass sie sich eng zusammenzogen, und dann kam es über Homchen, als wollte über ihm der Himmel einstürzen, und es duckte sich, und es schien ihm, als wäre es ganz, ganz klein wie eine Emse, und wuchs doch wieder, als wäre es ganz, ganz riesengroß wie der Himmel, und die Sonne war sein Auge, mit dem strahlte es über die Welt... Und so klein und groß, ein Nichts und ein All, bebte es in einem Schauer, den es nicht verstand.

Vor ihm senkte sich ein Absturz, dann aber türmten sich neue Berge, und darüber, jetzt ganz nahe, stieg es immer höher und höher, bis man kaum glauben mochte, dass dort noch etwas sein könne, in glänzender Weiße in die blaue Luft. Und daraus strömte hoch oben eine graue Säule und darüber breitete sich die weiße Wolke...

In seliger Angst drückte sich Homchen zwischen die Steine – es wagte nicht aufzuschauen und musste doch wieder den Blick bewundernd erheben zu dem, was es nicht begriff...

Es war bei der roten Schlange.

Die rote Schlange

Und das Große wird klein und das Kleine wird groß!

Ja, nun wusste es, wie das ist.

Vor der Wohnung der roten Schlange saß es, wie klein war es da! So verschwindend, so ohnmächtig. Wohin war der Mut, mit dem es den Hohlschwanz schlug? Die Säuger wollte es von der Herrschaft der Echsen erlösen. Verstehen wollt' es den Weg, den die rote Schlange allein kennt, den Weg, wie man klug wird und mächtig über die Welt. Und diese Welt war so groß, so riesengroß – hier sah es zum ersten Male, wie groß sie war – und Homchen war so klein.

Aber war es denn nicht seine Welt? War es nicht durch die Wälder gesprungen, durch Fluss und Meer geschwommen, über die Wiesen gerannt, über die Felsen geklettert, und leuchtete nicht ihm das weiße Riesendach der roten Schlange hernieder, strahlte nicht ihm das weite Meer entgegen, sprach nicht in ihm mit dem Wallen der weißen Wolke die rote Schlange selbst? Saß es nicht hier durch die Kraft seines Willens, hoch über Meer und Land, über Pflanzen und Tieren, einsam auf ragendem Fels? Stiegen nicht seine Taten in ihm auf als das Eine, das ihm gemeinsam war mit dem übergroßen, gewaltigen Willen der roten Schlange? Wohl war es klein gegen die rote Schlange, aber ihre Größe gehörte ihm zu, sie war auch in ihm, dem Kleinen, und so war es groß und mächtig.

Aber wie kam es nur, so nahe der roten Schlange blühten die schönen Blumen, summten die heitern Immen, und wussten doch nichts von ihr? Kannten sie nicht? Und waren glücklich und froh. Und Homchen, das sie kannte, das zu ihr betete, schwankte so oft in Zweifeln, lebte zwischen Freude und Not, zwischen Hoffnung und Furcht. Sie dachten nicht, so fürchteten sie nichts. War es nicht ein Glück, nichts zu denken?

»O rote Schlange, bist du's, die hinter der heißen Wolke wohnt, so gib mir ein Zeichen!«

Homchen spähte und lauschte angstvoll.

Nichts rührte sich.

»Ich bin wohl noch nicht würdig«, seufzte Homchen, »dich zu sehen. Aber doch weiß ich's, du bist in mir, du zeigest mir meinen Weg.«

Da dröhnte es dumpf… Homchen schrak zusammen. War das Donner? Nein, es klang aus der Erde. Es dröhnte wieder – und nun – was war das? Nun stürzte Homchen wirklich hinab? Es erhielt einen Stoß, dass es sich an den Stein klammerte. Aber die Steine wankten selbst, der ganze Berg zitterte, und Steine und Felsblöcke lösten sich und rollten zu Tale. Nur einen kurzen Augenblick dauerte die Erschütterung. Dann war's wieder still. Ein Glück, dass Homchen hier oben saß, hier konnte wenigstens kein Stein es treffen; der Boden unter ihm hatte wohl geschwankt, aber er war fest geblieben.

Leicht mögt ihr vertrauen, die ihr am breiten, sonnigen Grashang wohnt und Honig schlürfet am klaren Tag und die Echsen nicht kennt und ruhig schlaft, wenn die Sonne vergeht, um wieder zu wachen, wenn sie wärmt; wohl mögt ihr vertrauen im festgesponnenen Hause, die ihr mit den bunten Falterflügeln ausschlüpft zum schimmernden Sonnenreigen. Auch wir müssen vertrauen, die wir zur Höhe klettern, denen die rote Schlange die Sehnsucht gab nach dem anderen, das noch nicht ist; auch wir vertrauen, dass sie uns den Weg zeigt. Aber sie gab uns noch mehr.

Sie gab uns die Feinde, die im Moore lauern, und sie gab uns den Mut und den raschen Sprung und die scharfen Zähne, dass wir uns wehren. Und wenn wir ruhen wollen in Muße und Trägheit, so gab sie uns die Gefahr, dass wir wach werden und klug; gab uns Verstand, dass wir die Welt umfassen, damit wir helfen, dass das komme, was noch nicht ist. Und wenn wir's errangen, zu sitzen auf der Höhe vor ihrer Wohnung und anzubeten ihre Herrlichkeit, so schüttert sie die Berge zu unseren Füßen, dass wir nicht müßig werden vor ihrer Größe.

So dachte Homchen, als der Erdstoß vorüber war, und kletterte die Abhänge hinab und an der anderen Seite wieder hinauf und immer weiter an glatten Felsen hin, über die es nur selten hinweg zu klimmen vermochte, über Steine, die ihm die Füße wund stießen. Und dann stand es an einer hohen, weißen Mauer, die oben überhing, so dass es nicht hinüberkonnte. Und wieder lief es an ihr entlang, bis dahin, wo sich ein Felsenband hinzog, an dem der weiße Sand sich flach anschmiegte.

Und nun wollte es hinan auf die Höhe zur heißen Wolke.

Aber als es in den weißen Sand hineinsprang, da sank es tief hinein, dass es kaum mit dem Köpfchen hervorragte. Und es wühlte und arbeitete darin mit den Füßen, aber es konnte keinen Grund fassen und kam nicht weiter. Ach, wie kalt war der Sand! Trotz seines warmen Pelzchens fühlte es, wie die Kälte immer tiefer drang. Und wie merkwürdig! Dort, wo Homchen ruhte, da wurde der Sand nass, ganz nass und schwer, und da fror es erst recht. Solch einen Sand hatte es noch nicht gesehen.

Hier konnte es nicht weiter. Es arbeitete sich rückwärts, und das ging leichter, denn es rutschte von selbst hinab. Und nun saß es wieder auf den Steinen.

Hinauf konnte es nicht, aber hier konnte es auch nicht bleiben. Es musste bald daran denken, sich Nahrung zu suchen. So schlich es mühsam weiter und klomm endlich einen Steinhügel hinan um Umschau zu halten, was es weiter beginnen könne. Jetzt war es oben.

Aber was war denn das, was es da unten sah?

Ein breiter Talkessel. Der steile Geröllabhang ging bald in eine hier und da mit Graswuchs bedeckte Senkung über, weiter unten aber am Talboden wuchs nichts. Gelblich glitzerte es in Flecken und Streifen. Dazwischen zogen sich seltsame Spalten hin. Und an einigen Stellen stiegen aus diesen Spalten kleine weiße Wölkchen auf.

Ging das hier zur heißen Wolke?

Homchen spürte mit der Nase in die Luft. Es lag darin wie ein unangenehmer, beizender Geruch. Und wenn es sich dicht auf den Boden legte, so fühlte es, dass es wie ein leises, unaufhörliches Zittern durch die Erde ging.

Ob es sich hier hinab getraute?

Schon wollte es nach einem der Grasflecken hinabsteigen, da sah es, dass sich dort in der Nähe etwas bewegte. Ein langes, rotbraun schimmerndes Tier mit einer schleimigen Haut wand sich zwischen den Steinen hin. Jetzt begann Homchen in Furcht zu zittern. Hatte man doch gesagt, hinter der heißen Wolke wohnt die rote Schlange. Und das war wirklich eine Schlange. Und diesmal sprach nichts zu Homchen, war hier das ersehnte Ziel? Nahte ihm die rote Schlange? Oder war hier eine Gefahr? Sollte es fliehen? Die Schlange war noch fern. Es war wohl noch Zeit zur Flucht. Aber wenn es doch die rote Schlange war?

Während es so zögerte vernahm es plötzlich ein donnerndes Getöse hinter sich. Und als es zu dem weißen

Berge erschrocken hinüberblickte, sah es, dass dort eine hohe Wolke des weißen Sandes aufwirbelte und ein breiter Strom dieses Sandes den Berg herabstürzte. Immer gewaltiger wuchs die gleitende Masse an, und nun erreichte sie das Ende des weißen Abhangs und stürzte über das steile Felsenband herab, über das Homchen gekommen war. Mit Donnerkrachen sauste sie über die Steine, nach allen Seiten stäubten die weißen Massen empor, und als die Staubwolke sich gelegt hatte, sah Homchen, dass die ganze Rückseite des Hügels jetzt von der herabgestürzten Masse bedeckt war. Dort konnte es nicht mehr hinüber, es wusste ja, dass es durch den kalten Sand nicht hindurchzudringen vermochte. Der Rückweg, die Flucht war ihm abgeschnitten. Wollte das die rote Schlange? Was wäre ihm geschehen, wenn der Sturz früher erfolgt wäre, ehe es den emporragenden Hügel gewonnen hatte?

In ratloser Scheu sah es sich nun wieder um, was aus der Schlange geworden sei. Sie war ihm, den Berg herauf kriechend, bedeutend näher gekommen. Mit starren Blicken folgte Homchen ihren Bewegungen, die auf eine der grasbewachsenen Stellen gerichtet waren. Und nun erblickte dort Homchen ein zweites Tier. Es war eine große Kröte mit weit vorstehenden Augen und breitem Maule; sie war nicht viel kleiner als Homchen selbst. Sie saß am Rande des Grasflecks und hatte die Schlange noch gar nicht entdeckt. Wo blickte sie denn hin? Es musste dort hinter den Steinen noch etwas sein, was Homchen nicht sehen konnte.

Und nun fuhr die Schlange mit geöffnetem Rachen auf die Kröte zu, die jetzt erst die Gefahr bemerkte. Es war zu spät. Schon hatte die Schlange sie an einem Beine gepackt, nun umschlang sie das Tier mit den Windungen ihres Körpers. Homchen stieß einen Schrei des Schreckens aus. Das konnte die rote Schlange nicht sein, die sich anschickte, die Riesenkröte langsam zu verschlingen.

Aber da kam erst das Schlimmste. Hinter den Steinen kroch eine zweite Schlange hervor. Sie war es offenbar gewesen, nach der die Kröte hingestarrt hatte. Die merkte nun, dass ihr die Beute entgangen war; aber zugleich hatte sie auch ihrerseits Homchen erspäht, das oben auf den Steinen ängstlich hin und her lief. Es dachte noch an Flucht, aber der Felskamm, der das dampfende Schlangental von dem Lawinenfelde schied, war von breiten, senkrechten Spalten zersetzt, über die Homchen nicht hinweg konnte. Es musste hier oben bleiben. Und die Schlange kroch den Berg herauf. Sie kam ihm näher und näher.

Da erhob sich wieder ein tiefes Rollen, diesmal aus der Erde, und der Berg schwankte wieder unter Homchens Füßen, einzelne Steine lösten sich und sprangen in schnellen Sätzen, auf den Boden aufschlagend, den Berg hinab. Homchen blickte ihnen nach, es sah, wie einer der Steine unten auf die schlingende Schlange traf, wie sie zusammenzuckte, ein zweiter Stein folgte und schmetterte auf den Kopf der Schlange nieder ... und sie rührte sich nicht mehr.

Da durchzuckte es Homchen wie ein Blitz. Es tauchte etwas Neues, ganz Neues in seinem Kopfe auf, eine dunkle Vorstellung, dass das noch nie in der Welt gewesen sei, was es jetzt dachte – es wusste eigentlich nicht, was es sei. Es dachte jetzt nur, dass fallende Steine Schlangen zerschmettern, und wie die eine Schlange, so konnten sie auch die andre treffen. Die andre, die schon ganz nahe heran war, die schon den Kopf aufrichtete und den glatten Körper zusammenzog – und es betete nur: Rote Schlange, triff auch diese...

Und doch schien ihm das wieder unverständlich ...
Schlange sollte die Schlange treffen – wie sollte das sein –
war nicht die rote Schlange in ihm selbst? Das wusste es
doch jetzt ... in ihm selbst – das ging alles blitzschnell
durch Homchens Gehirn – da hatte es den nächsten Stein,
so groß seine Tatze ihn fassen konnte, emporgehoben und
gegen die Schlange geschleudert. Und der Stein traf den
Körper der Schlange und verwundete ihn – die Haut war
glatt und ohne Schuppen – und die Schlange stutzte und
schnappte nach einem scheinbar von hinten kommenden
Feinde. Das benutzte das gewandte Homchen; im Mute
der Verzweiflung schleuderte es Stein auf Stein nach der
überraschten Schlange, bis der eine in ihren geöffneten
Rachen flog und die Schlange niederstürzte ...

Und die Erde bebte, der Donner rollte, aus dem Gipfel des Berges brach eine rote Feuersäule, und unten im
Tale öffnete sich breit eine Spalte, daraus quoll es feurig
rot, eine glühende flüssige Masse, Dämpfe stiegen auf ...
Immer dunkler wurde der Himmel, immer heißer stieg es
herauf aus dem Tale. War es der Atem der roten Schlange,
den sie im Zorn oder im Tode ausstieß beim Zucken der
Erde? Ging die Welt zu Grunde?

Homchen hatte die rote Schlange erschlagen ...

Ja es hatte sie erschlagen, eine Welt ging zu Grunde ...
Aber eine neue Welt war erstanden ...

Es war etwas geschehen, das noch nie gewesen war –
nicht mit den Zähnen, nicht mit den Krallen, nicht mit des
eignen Körpers Gliedern war der Feind bezwungen. Hingestreckt lag er, besiegt durch den geschleuderten Stein
– durch die erste Waffe.

Und über den kleinen Erfinder brach die Rache der zer-
schmetterten Welt herein – Rache dafür, dass der rohen

Kraft ein bisher unbekannter Gegner erstehen sollte – ein siegreicher Gegner im Gedanken.

Vom verdunkelten Himmel zuckten Blitze, ein Aschenregen senkte sich nieder. Unter dem Felsenvorsprung geduckt kämpfte Homchen mit der Not des Atems – seine Sinne verwirrten sich ...

Was war es, das Glänzende mit dem wehenden Schweif, das an ihm vorüberflog? Was waren das für seltsame, singende Töne? Oder war es nur ein Traum?

Weiter donnerte es vom Berge, heiß wehte es vom Tale ...

Regungslos lag Homchen im Aufruhr der Elemente.

Das Geheimnis des Zierschnabels

• •

Über die grasbedeckten Hügel nach dem Waldufer des Flusses zu hüpfte eilig die ganze, zahlreiche Schar der Zierschnäbel, an ihrer Spitze Grappignapp und Kaplawutt. Sie hatten das volle Heer der ihrigen auf ihrer Botenreise zum Iguanodon mitgenommen, denn auf der hügeligen Steppe, auf der sie den Wald im Süden umgehen mussten, war das Jagdgebiet der Hohlschwänze. Zwar waren die Zierschnäbel unverletzlich für alle Tiere, die an die große Schlange glaubten. Aber die Hohlschwänze waren so hartgesottene Bösewichter und jetzt so hasserfüllt gegen die Zierschnäbel, dass diese ihnen nicht trauten. Ihre große Schar anzugreifen konnten die Hohlschwänze nicht wagen, aber an einem kleinen Trupp hätten sie vielleicht Rache genommen, in der Erwartung, dass dann kein Tier von ihrer Untat erfahren hätte. Wenigstens wollte Grappignapp keine Vorsicht außer acht lassen. Aber er hatte keineswegs die

Absicht, alle Zierschnäbel mit bis zum Iguanodon zu führen.

Als sie jetzt die Region erreicht hatten, wo das niedere Gebüsch begann, ähnlich demjenigen, darin Homchen vor dem Hohlschwanz sich verborgen hatte, rief Grappignapp seinen Trupp zusammen und befahl ihm, sich hier still zu verhalten und seine Rückkehr oder seine Botschaft zu erwarten. Auf keinen Fall sollten sie sich aus dem Gebüsch herauswagen. Nur Grappignapp und Kaplawutt, jeder von einem vertrauten Gehilfen begleitet, setzten ihre beschwerliche Reise durch das dichte Buschwerk fort, bis sie an den Wald gelangten, der sich zum Flussufer hinabsenkte. Hier hielten sie an und sandten die Gehilfen voran, um den gegenwärtigen Aufenthalt des Iguanodon auszuspähen.

Kaplawutt betrachtete den dichten Urwald. Üppige Moose und Farnkräuter überwucherten am Boden vermorschende Stämme gestürzter Waldriesen; darüber verschränkten Buchen und Eichen ihre Äste. Hin und wieder ragten gewaltige Zedern und Fichten über die Laubbäume hervor. Dunkel war es unter den Bäumen, die Sonne vermochte nicht durch die Zweige zu dringen. Wie eine lebendige Festung schirmte der Wald seine kleinen Bewohner, die in den tausend Schlupfwinkeln unter dem grünen Dache, in den hohlen Stämmen ihr nächtliches Leben führten. Was hatten sie verbrochen, dass ihnen der Untergang geschworen war? Im Dämmer des Waldes glomm eine geheime Kraft, noch unbewusst, eine welterobernde Macht ihres geselligen Lebens, ein Funke des großen Weltlichts – und es hatte sich verraten in einem verfrühten Sprössling eines Geschlechts, dem die Zukunft gehörte. Wehe dem Ersten, dem die Ahnung erwacht, dass es ein eigenes Selbst gebe!

»Wir werden die Kraft der Großechse vermissen«, sagte Kaplawutt. »Diesen knorrigen, verschränkten Ästen ist der Iguanodon nicht gewachsen.«

»Das braucht er auch nicht«, erwiderte Grappignapp. »Es gibt noch starke Echsen genug, der Atlanto bricht hindurch. Aber die Großechse mussten wir vor allem los sein. Hätten wir ihr zum Ruhme dieses Sieges verholfen, so wäre sie der Herr der Welt. Gegen ihre Kraft gibt es keinen Widerstand.«

»Die Geister der Nacht warfen sie nieder.«

»Wohl uns, dass es Nacht war. Es ist nicht immer Nacht. Jetzt aber hat das Moor gesehen, dass auch die Großechse sich fürchten kann.«

»Die rote Schlange gab ihre Macht in unsere Hände, damit wir für das Wohl der Tiere sorgen, die nicht für sich denken können.«

»Dafür haben wir eben zu sorgen, dass sie es nicht lernen. Kämen sie einmal dahinter, dass die Nachtgeister uns nicht gehorchen, dass die schönen, goldenen Sterne fern und ruhig am Himmel wandeln, um uns in der Nacht den Weg durch die Steppe zu weisen, damit wir wandern können, wenn keine Echse sich zu rühren wagt, bald wäre es vorbei mit unsrer Macht. Und darum – darum müssen die Waldtiere vertilgt werden.«

»Ich habe den Echsen gesagt«, erwiderte Kaplawutt, »die Waldtiere wollen stark werden, um den Echsen die Herrschaft zu entreißen. Aber im Grunde genommen – warum will die rote Schlange, dass gerade die Echsen herrschen und nicht die Beutler? Sollten wir nicht klug genug sein, auch sie zu lenken, damit der Wille der Schlange herrsche zum Segen der Tiere?«

»So lange sie Beutler bleiben, ja. Aber wenn … du hast

den Echsen klugerweise nicht gesagt, wie die Beutler allein den Sieg erringen könnten.«

»Indem sie denken lernen, natürlich.«

»Ja, und das ist es eben. Die Stärke haben wir nicht zu fürchten, aber das Denken. Vorläufig wissen sie ja selbst noch nicht, worauf es ankommt, Aber Einzelne ahnen es, wie dieser vorwitzige Kala. Er ist ein Prophet. Und wenn die Propheten aufstehen, so ist es Zeit, die ganze Rasse zu vernichten, so lange sie noch nicht reif ist, sie zu verstehen. Nachher ist es zu spät.«

»Ich sollte meinen, wenn die Tiere klug genug würden unsere Leitung zu entbehren, so wäre auch der Wille der Schlange erfüllt. Doch ich beuge mich deiner Weisheit. Ich kenne nur die Regeln unserer Geheimlehre, ihre Gründe kenne ich nicht.«

»Du bist wert, den höchsten Grad zu erreichen. Wie lautet unsre erste Regel?«

»Wen du beherrschen willst, den erhalte in der Unwissenheit.«

»Und die zweite?«

»Klugheit besiegt die Stärke.«

»Gut. Darum sind wir herausgewachsen aus dem Geschlechte der Echsen und ihre Herren geworden, weil wir klug sind. Nun aber will ich dir sagen, was niemand weiß, wie Klugheit und Stärke entstehen. Wir lehren die Echsen das Gebot, ihr Mark anzuhäufen, damit sie stark werden, an dem einen Ende des Rückens. Aber wir lehren sie das *Falsche*.«

»Wie? Wie dürfen wir das? Kann die Schlange das gebieten? Doch du willst mich nur prüfen. Es ist ja doch wahr, was wir lehren. Werden sie nicht stark? Und diejenigen von uns, bei denen es auch der Fall ist, sind sie nicht besonders stark? Können sie nicht mit ihrem Schwanze schlagen und sich fortschnellen, besser als andere, trotz ihrer Kleinheit?«

»Das ist freilich richtig, dass die Echsen ihre schweren Gliedmaßen so schnell zusammenziehen und ausstrecken können, dass sie mit so furchtbarer Wut auf den Anreiz antworten, dass sie ein Schrecken sind für sich und die Welt, das verdanken sie dieser Markanhäufung am Ende des Rückens. Aber das eben ist das Falsche. Dadurch werden sie die Sklaven dessen, der klug ist. Sie haben den Mittelpunkt ihres Lebens am falschen Ende. Hätten sie diese Anhäufung des Markes am oberen Ende des Rückens, über dem Halse, in ihrem Kopfe, so würden sie klug werden, so würden sie denken können. Dort im Kopf, wo Augen und Ohren sind, da muss alle Macht des Lebens zusammenlaufen, da muss sich vereinigen, was in der Welt vorgeht. Und wenn dort die Fülle des Markes liegt, die Gehirn heißt, so sammelt sich an, was wir erfahren; so bricht der Anreiz, der uns trifft, nicht sogleich los im Sturme der sinnlosen Leidenschaft; so wirkt Vergangenes und Zukünftiges zusammen, dass zur rechten Zeit geschieht, was zum Ziele führt. Und das nennt man *Denken*.«

Kaplawutt blickte Grappignapp lange bewundernd an. Dann sagte er:

»Ja, weiser Meister, du hast mir das große Geheimnis offenbart. Immer habe ich mich gewundert, warum unter uns Zierschnäbeln diejenigen die Führer sind, deren Köpfe sich höher wölben als die der anderen, obwohl sie nicht gerade immer körperlich die stärkeren sind. Nur den Großköpfen kann sich das Geheimnis der roten Schlange enthüllen.«

»Und nun siehst du auch, warum wir nicht dulden dürfen, dass die Säuger ihr Waldleben fortsetzen und sich weiter ausbreiten. Denn in ihnen beginnt diese Wanderung des Markes nach dem Kopfe. Schon haben einzelne ein Gehirn, das lange die Spuren der Dinge bewahrt, wie der Bergsee die raschen Sturzbäche des Himmels, so sparen sie ihre Kraft für den Augenblick des Bedarfs. Und so eint sich in ihnen immer mehr von dem ganzen Leben der Welt, und je mehr sich vereint, um so mehr gleichen sie der roten Schlange, die alle Macht der Welt umfasst. Von den Beutlern selbst ist das freilich noch nicht zu besorgen. Aber es gibt Fälle, wie bei diesem Kala, der sich rühmt, mehr zu wissen als alle Echsen, Fälle, in denen die Jungen reifer zur Welt kommen. Und wenn ein solches Geschlecht sich heranbildet und alle die Vorteile vererbt, die mit der ganzen Einrichtung des Körpers zusammenhängen, wenn alle diese Vorteile sich steigern, so mag es wohl dahin kommen, dass statt der Beutler eine Gesellschaft von Waldbewohnern ersteht, die durch ihren Verstand der Kraft der Echsen überlegen ist, und die …«

»Die den Zierschnäbeln nicht mehr glaubt«, sagte Kaplawutt.

»So ist es.«

»Aber wenn sie uns nicht mehr brauchen …«

»Sie *sollen* uns brauchen, es ist der Wille der Schlange.«

»Ich beuge mich.«

Lange schwieg Kaplawutt nachdenklich. Dann begann er wieder:

»Ich sollte doch meinen, in der langen Zeit, die dazu nötig ist, dass die Säuger klug werden, würden vielleicht auch die Zierschnäbel noch klüger werden und doch die Säuger zu lenken wissen.«

Grappignapp antwortete nicht sogleich. Dann sprach er leise und geheimnisvoll:

»Zahllos sind die Arten der Tiere und werden es sein in aller Zukunft, die auf der Erde leben. Da wird es immer viele, sehr viele, die allermeisten geben, die der Zierschnäbel bedürfen, und immer Zierschnäbel, die sie in Klugheit beherrschen. Aber es gibt eine Grenze der Klugheit, die durch höhere Klugheit beherrscht werden kann, und über welcher das Herrschen aufhört. Es gibt eine Stufe der Weisheit, und die sie erreicht haben, sind einander gleich. Die wahren Weisen leben miteinander, aber sie beherrschen einander nicht und lassen sich nicht beherrschen, ein jeder ist Herr seiner selbst und keines anderen. Das ist das Geheimnis der roten Schlange. Ein jeder trägt die rote Schlange in sich. Wenn dies Geheimnis der Welt kund wird, dann ...

»Dann?«

»Es darf niemals kund werden. Du hast den Eid der Geheimlehre geschworen. Und wer dies Geheimnis errät, der muss sterben!«

»Der muss sterben«, sagte Kaplawutt und biss den Schnabel zusammen. »Es ist ein furchtbares Geheimnis. Hätte ich geahnt ...«

»Nun?« unterbrach ihn Grappignapp mit strenger Stimme

»Ich beuge mich«, sagte Kaplawutt leise.

»Und der Iguanodon?« fragte er dann.

»Auch der muss sterben!« sprach Grappignapp eisig.

Kaplawutt erschrak. »Was sagst du Meister? Er, unser Anführer im Kampfe mit den Waldtieren? Er, den wir als den Weisesten, den Unfehlbaren erklären? Soll er sterben, weil er das Geheimnis kennt?«

»Er muss sterben, weil er uns zu nahe verwandt ist.«

»Ich verstehe dich nicht, Meister.«

»Es ist auch nicht leicht. Du weißt, dass der Iguanodon und die Zierschnäbel aus dem vornehmsten Drachengeschlecht der Vogelfüßler stammen. So lebt in ihm wie in uns die Anlage zum Denken. Wenn nun das Geschlecht der Iguanodon so klug wird wie wir, sie, die so vielmal größer und stärker sind als wir, wie sollen wir uns gegen sie behaupten? Und dann ist noch etwas zu fürchten. Wenn der Iguanodon klug wird, so wird er vielleicht nicht klug genug; nicht klug genug, das Geheimnis der Herrschaft zu wahren. Dann würde er das Denken der Tiere unterstützen, statt es zu bekämpfen. Wir aber wollen sie in Unwissenheit erhalten.«

»Warum aber hast du ihn dann zum Anführer erwählen lassen? Wir wollen doch siegen. Als Sieger wird er uns erst recht gefährlich, weil übermächtig, sein.«

»Wie aber, wenn er zwar den Sieg für uns erkämpft, jedoch dabei selbst mit seinem Geschlechte zu Grunde geht? Wenn er den Heldentod stirbt? So fällt sein Ruhm auf uns, die ihren nächsten Verwandten zum Besten der Echsen einsetzten. Und was von seinem Geschlechte übrig bleibt, wird dann den Waldtieren auf ewig verfeindet sein, sie werden nie daran denken, zum Frieden zu raten, wie es ohne dies die halbe Klugheit des Iguanodon vielleicht tun könnte. Doch ich sehe unsre Kundschafter zurückkehren. Dies alles wollte ich dir wenigstens andeuten, damit außer mir noch einer ist, der im Falle der Not den Plan der Zierschnäbel bewahre.«

»Meister, wie soll ich das alles fassen? Die Lehre ist zu groß für mich. Ich will die rote Schlange bitten, wenn du in Not kommst, dass sie mich sterben lasse für dich.«

»Bitte, dass sie dir Verstand gibt, und schweige jetzt. Die Diener kommen.«

»Fandet ihr unseren Anführer?« rief Grappignapp den Boten entgegen.

»Wir fanden den mächtigen Iguanodon. Wir sahen ihn von der Weide zurückkehren nach seinem Ruheplatz unter den Farnkräutern am Waldesrand. Wenn ihr durch den Wald hinabsteigt und euch auf den Ast der breiten Buche über seinem Haupte schwingt, so könnt ihr mit ihm reden.«

»Es ist gut, ihr könnt uns führen.«

Ohne Geräusch waren die Zierschnäbel auf den Buchenast gelangt. Denn sie wollten erst beobachten, in welcher Laune sie den Gewaltigen träfen. Da lag er in seiner ganzen Größe unter den Farnen hingestreckt und schlief.

Sie warteten lange, aber da er sich nicht bewegte, so begannen sie zu rufen. Erst leise, dann lauter. Und das wäre ihnen fast schlecht bekommen. Denn plötzlich fuhr der Iguanodon mit seinem riesigen Halse in die Höhe und biss mit dem Schnabel in das Laub über seinem Kopfe; nur durch einen schnellen Seitensprung entgingen die Zierschnäbel dem gefährlichen Angriff.

»Bist du schon wieder da, frecher Beutler, der sich Homchen nennt?« so schrie der Iguanodon in Wut.

»Wir sind es ja, mächtiger Vetter, Grappignapp und Kaplawutt, deine Freunde, die Zierschnäbel«, rief Grappignapp von einem höheren Äste aus. »Wir bedauern, dich in deinem Schlummer gestört zu haben.«

»Ah, ihr seid es, liebe Vettern. Es freut mich. Ich glaubte, der freche Kala wollte mich wieder verhöhnen. Wenn ich ihn treffe, werde ich ihn an meinen Daumen spicken. Übrigens habe ich nicht geschlafen, ich dachte nur nach.

Ich denke immer, ich kann es. Doch womit kann ich euch dienen? Redet schnell, denn ihr wisst, ich bin kein Freund von langen Reden. Doch sagt mir zuvor: Warum werfen die Bäume ihr Laub ab? Warum weht der Wind alle Tage kälter? Wie kann man es machen, dass man nicht am Halse friert, wenn man ihn aus dem Moose herausstreckt? Wenn man ihn immer im Moose haben könnte? Darüber denke ich schon lange nach, aber ich habe es noch nicht gefunden. Ihr seid so klug, könnt ihr es mir nicht sagen? Lasst uns zusammen denken, denken, denken!«

Kaplawutt sah seinen Meister verwundert an, doch der sagte:

»Die letzte Frage ist zu schwer, wie sollten wir sie lösen können, wenn du es nicht vermagst? Wie sollte das Moos am Halse wachsen? Aber wir kommen zu dir mit einer Frage. Wir haben vernommen, dass der freche Kala dich zu höhnen gewagt hat. Wir wollen ihn und sein ganzes Geschlecht bestrafen. Willst du uns mit deiner Klugheit dazu verhelfen?«

Und nun entwickelte Grappignapp in längerer Rede den Plan der Zierschnäbel, die Waldtiere zu vertilgen. Der Iguanodon sei als die weiseste der Echsen ausersehen, sie zu führen. Sein Wort solle Befehl sein und gelten wie das Wort der roten Schlange.

Der Iguanodon hatte sich im Anfang der Rede wieder gesetzt und nur seine Daumen von Zeit zu Zeit beifällig hin und her bewegt. Dann erhob er sich allmählich zu seiner ganzen gewaltigen Größe, reckte den Hals hoch empor und watschelte geschmeichelt von einem Fuße auf den anderen. Und als der Zierschnabel geendet, begann er alsbald:

»Meine lieben Vettern. Kurz wird meine Antwort sein, denn ich bin kein Freund von langen Reden. Was ihr sagt, habe ich selbst schon alles bedacht, denn ich denke schnell, ich denke viel. Ihr habt klug gehandelt, dass ihr mich wähltet, denn ich bin stark, ich bin weise, ich bin die klügste der Echsen, ich bin mein Ideal. Wisst ihr was das ist? Ihr wisst es nicht, denn ich habe es selbst erfunden. Vernehmt, ich werde euch mein Programm entwickeln. Doch unterbrecht mich nicht, denn ich bin kein Freund von langen Reden.

Wenn ich mir das höchst entwickelte Lebewesen der Erde vorstelle, so muss es auf zwei Beinen gehen, den Kopf hoch tragen und bewegliche Daumen besitzen, nebenbei muss es fein denken können. Es muss außerdem ein reichliches Futter haben, Kräuter von verschiedenem Geschmack, Schilf, Moos und Baumblätter, um darin zu ruhen, wenn es kalt ist. Es muss süßes Wasser haben und einen weiten Weideplatz, wo es von keinem anderen Tiere gestört wird. Da muss es gut schlafen und nachsinnen können, und wo es spazieren wandelt, sollen die anderen Tiere nicht gehen. Nur wenn es gerade Lust hat, dürfen von Zeit zu Zeit Besucher kommen und ihm sagen, dass es ein sehr kluges, schönes und begabtes Tier sei. Das ist es, was ich ein Ideal nenne.

Wenn ich nun weiter nachdenke, wo ein solches Tier zu finden ist, so sage ich mir, dass von allen Wesen, die ich kenne, der Iguanodon meinem Ideale am nächsten kommt. Und deswegen sage ich, dass ich mein Ideal bin. Nun bin ich, wenn ich ungestört bin und mir gerade nichts weh tut, nicht nur ein sehr wohlwollendes Tier, sondern auch ein glückliches Wesen. Ich kümmere mich nicht um die Welt, ich schließe meine Augen, und lauter grasgrüne und himmelblaue Sommerlichter ziehen an mir vorüber. Darum sage ich mir, wenn alle Tiere so wären wie ich, so

wären sie alle glücklich, und keins würde das andere stören. Dazu ist es aber notwendig, dass alle, wenn auch nicht
ganz, immerhin annähernd so klug werden wie ich; und
das können sie nur erreichen, wenn sie vor allen Dingen
kein Fleisch mehr genießen. Ich bitte mich nicht zu un-
terbrechen, denn ich bin kein Freund von langen Reden.
Ihr wollt sagen, die rote Schlange hat geboten, dass der
Stärkere den Schwächeren fresse. Aber doch nur, wenn
er ihm schmeckt. Nun schmeckt aber meinem Ideal nur
die Pflanzennahrung. Also soll man auch nur Pflanzennahrung genießen. Auch habt ihr mir selbst gesagt, dass
die Nachtgeister die Großechse niedergeworfen haben,
dass dagegen der pflanzenspeisende Atlanto den Wald
niederwerfen soll. Mein Programm ist demnach, alle Tiere glücklich zu machen, indem ich sie mir ähnlich mache. Zuerst werden wir dazu den Wald zum größten Teile
niederbrechen, damit die Waldtiere Wiesentiere werden
müssen, Diejenigen nun, die sich verpflichten, nach meinem Ideal zu leben, sollen geduldet werden, denn sie werden dann niemand stören. Diejenigen aber, die sich dem
Ideal widersetzen, ob sie nun Säuger oder Echsen sind,
werden wir austilgen. So werden alle Tiere glücklich sein.
Widersprecht mir nicht! Denn ihr habt selbst erklärt, aus
mir redet die rote Schlange, und mein Wort ist unfehlbar.
Eilet jetzt nach dem Drachenmoor und rufet alle Echsen
zusammen, sie sollen sogleich heranstürmen und in den
Wald eindringen, damit ich den Waldtieren unseren Willen verkündigen kann. Ich habe gesprochen. Ich bin mein
Ideal.«

Damit zog sich der Iguanodon in sein Lager zurück.

»Darauf können wir doch nicht eingehen?« flüsterte
Kaplawutt.

»Gewiss«, entgegnete Grappignapp. »Nur werden wir dafür sorgen, dass das Programm nicht weiter zur Durchführung kommt, als es uns rätlich scheint. Vorläufig berichten wir nur von der Zustimmung des Iguanodon. Und nun lasst uns eilen.«

Die Furcht im Walde

Gerüchte schwirrten durch den Urwald, schreckliche Gerüchte.

Zuerst waren die Käfer gekommen, die bis an den Rand des Drachenmoors schweiften. Brimm summte herum und hatte viel zu tun, denn alle wollten etwas hören. Unruhig liefen und kletterten die Beutler umher, und Graukopf saß sorgenvoll in seinem Baumloch. Die Echsen zürnten, so hieß es, die Echsen hatten Rache geschworen allen Waldtieren. Sie wollten den Wald niederreißen und die Säuger vertilgen. Und das Schlimmste war, man sagte, die Zierschnäbel hätten es gebilligt.

Des Nachts wurden Versammlungen abgehalten und Rat gepflogen, aber niemand wusste, was zu tun sei. Die Jungen freilich meinten, wenn nur Homchen hier wäre, der würde uns schon sagen, wie wir uns der Echsen erwehren sollten. Aber in der Ratsversammlung wurden sie nicht gehört. Dort beriet man nur, wie man die Echsen um Gnade bitten könne.

Homchens Eltern, Knappo und Mea, ließen sich gar nicht mehr sehen. Niemand von den älteren Beutlern kam in die Nähe ihres Baumes, denn sie galten als mitschuldig am drohenden Verderben. Wurde doch alles Unheil auf Homchens Freveltat zurückgeführt, der den Hohlschwanz getötet hatte. Und die Hohlschwänze, hieß es, sollten Tag und Nacht auf der Halde lauern. Nur die Jungen besuchten Knappo und Mea und trösteten sie. Man hatte gehört, Homchen sei nach Süden gewandert, um die rote Schlange zu suchen. Vielleicht brachte er von dort Gnade und Rettung zurück. Und merkwürdiger Weise waren auch der Igel und der Taguan verschwunden. Aber vom Taguan schwirrten die Insekten, er sei ebenfalls nach Süden geflogen, um Homchen aufzusuchen.

Als aber Tag auf Tag verging, ohne dass die Echsen etwas von sich hören ließen, da wurden die Beutler wieder ruhiger. Die Blätter der Buchen färbten sich und rauschten leise herab, kalt und nass war der Nebel. Man zog sich zurück und pflegte sein Winterpelzchen.

Es war ein grauer, unheimlicher Tag, die Sonne wollte gar nicht durch die Wolken dringen. Da konnten die Nachttiere nicht recht schlafen, denn es kam ihnen vor, als wäre noch immer Dämmerung. Und manche von ihnen schweiften weiter umher als gewöhnlich und kamen bis an den Fluss dort oben, wo er schmäler wird. Da sahen sie etwas sitzen, jenseits des Flusses, was sie noch nie gesehen hatten. War es ein Flugbeutler, wie der Taguan, war es eine Echse, war es ganz etwas anderes? Ein Zierschnabel? Nein, nur der Kopf sah so aus, sonst aber hatte es ein buntes, lichtes Gewand an und einen weichen, im Winde wehenden Schweif. Und das Tier sang mit lauter, heller Stimme:

»Gelobt sei Homchen, der die große Schlange getötet! Gelobt sei Homchen, der die Schlange fraß. Gepriesen sei Homchen, der Sieger.

Und das Warme wird kalt, und das Kalte wird warm. Und das Kleine wird groß und das Große wird klein! Gepriesen sei Homchen, der Sieger.«

»Was sagt es? Wer ist das?« riefen die Beutler ängstlich untereinander. Und das Tier hob wieder an:

»Die Muscheln sangen's im warmen Meer. Ich fliege umher, ich fliege umher! Ich bin der singende Flieger.

Das Große wird klein, der Berg stürzt ein. Das Kleine wird groß, das Meer bricht los. Gepriesen sei Homchen, der Sieger!

Der auf dem Haupte der Schlange saß, der die große, die mächtige Schlange fraß, gelobt sei Homchen, der Sieger!«

Dann breitete das Tier zwei glänzende Schwingen aus und flog davon. Und aus der Ferne hörten die Waldtiere noch den Gesang.

Nun stürzten sie zurück in den Wald, und alle riefen durcheinander, was sie von dem Wundertier gehört. Und der Ruf pflanzte sich fort und schwoll an durch den Wald und eilte de Tieren voraus durchs Moos des Bodens, durch die Nester der Stämme, durch die breiten Luftschaukeln der Äste. Dann ward er leiser und leiser und sank herab zu einem scheuen Flüstern von Ohr zu Ohr: Homchen hat die Schlange getötet! Die große Schlange, die rote Schlange! Die Berge stürzen, das Meer steigt auf, der Wald erfriert, die Welt geht unter! Wehe, wehe, was hat Homchen getan? Und durch den Wald schritt das Entsetzen.

Vor Meas Nest kamen Homchens Freunde und klagten. Da kroch sie hervor und blickte sie an aus großen starren Augen und sprach:

»Wer brachte die Kunde? Wie klang das Wort?«

Und einer der Jungen sagte: »Ich hab' es selbst gehört von dem Tiere, das sich den singenden Flieger nannte, wie es rief: Gelobt sei Homchen, der die Schlange getötet! Gelobt sei Homchen, der die Schlange fraß! Gepriesen sei Homchen, der Sieger!«

Da richtete Mea sich auf und sah verächtlich auf die Schar, die sich angesammelt hatte.

»Ihr Toren, ihr Narren!« rief sie. »Gelobt sei Homchen, gepriesen sei der Sieger! Wenn der Fremde so sang, wie könnt ihr meinen, dass Homchen etwas Böses getan habe? Wer sagt euch, dass es die rote Schlange war? Die rote Schlange kann niemand töten, wie könnt ihr solch sinnlosen Frevel reden? Eine falsche große Schlange, ein Feind der roten Schlange wird es gewesen sein; wie würde sonst der Fremde gerufen haben, dass Homchen gepriesen werde?«

Da zerstreuten sich die Jungen und wussten nicht, was sie denken sollten. Und weil sie nicht verstanden, was geschehen sei, so merkten sie sich nur, dass Homchen gepriesen werde. Homchen hatte etwas Großes, etwas Unerhörtes getan! Gelobt sei Homchen, der Sieger!

Die Alten aber hielten nochmals Ratsversammlung ab und wussten ebenso wenig. Nur die Furcht war aufs neue erweckt vor einem drohenden Unheil; ein dunkles Geheimnis lag in der Luft. Was sollte man tun?

Es kam wieder die Ansicht zum Siege, dass man die Echsen um Gnade anflehen müsse. Da machte der weise Graukopf einen Vorschlag, der allen wohl gefiel. Es solle eine Abordnung gesandt werden an den mächtigen, klugen Iguanodon, die sollte ihn bitten, den Frieden von den Echsen auszuwirken. Aber wer sollte sich hinaus wagen? Das war eine schlimme Sache. Es musste am Tage sein, denn in der Nacht schlief der Gewaltige. Aber am Tage durften die Nachttiere nicht hinaus vor den Wald. Und so stritt man in der Versammlung bis zum Morgenlicht.

Inzwischen saßen Mea und Knappo in ihrem Neste.

»Der Junge bringt noch Elend über den ganzen Wald«, murmelte Knappo, »durch seinen Leichtsinn ward er zur Flucht gezwungen, und nun weiß niemand, was ihm Schreckliches begegnet ist. Aber ich hab' es ja immer gesagt.«

»Ich glaub' es nicht, es kann nichts Schlimmes sein«, wiederholte Mea. »Wie würde sonst das Wundertier seinen Ruhm durch die Welt singen? Glaubst du nicht, dass er vielleicht zurückkehrt? Dass er in der Fremde bereut hat, wie viel Sorgen er uns machte? Dass er lernte, dem Gesetze der roten Schlange sich zu fügen?«

Knappo schwieg. Er fürchtete etwas ganz anderes. Wenn Homchen immer wieder in so fürchterliche Kämpfe sich einließ, musste er da nicht endlich unterliegen? Und wie mochte es zugehen, dass er so gewaltige Echsen hatte besiegen können? Aber er wollte Mea nicht noch mehr ängstigen. Plötzlich zuckten sie beide zusammen. Draußen zwischen den Baumästen hörten sie etwas rauschen. Knappo lauschte hinaus. Da saß ein Tier vor der Höhlung, das sah sich nach allen Seiten um. Und nun erhob es seine Stimme:

»Hik! Hik! Ist hier die Wohnung von Homchen, der die Schlange tötete?«

»Was ist das?« fragte Mea leise.

»Ich glaube«, antwortete Knappo, »es ist der dumme Taguan. Soll ich ihn hereinlassen?«

»Er fliegt weit umher, vielleicht weiß er etwas von Homchen.«

»Bist du der Taguan?« fragte Knappo nach außen.

»Ich bin's. Bist du Homchens Vater?«

»Ja, aber Homchen ist nicht hier. Wir wissen nicht, wo er ist.«

»So kommt heraus, drinnen kann ich mich nicht aufhängen, und ich bin müde. Ich bin weit umhergeflogen, ich war im Süden und ich habe den singenden Flieger gesprochen. Kommt heraus, ich habe euch etwas zu sagen.«

Knappo und Mea setzten sich auf den Ast vor ihrem Neste, der Taguan hatte sich schon an seinem Schwanze aufgehängt.

»Was weißt du von Homchen?« rief Mea ängstlich. »Ist er gesund?«

»Hört zu«, sagte der Taguan. »Wo Homchen jetzt ist, weiß ich nicht. Er ging noch weiter nach Süden, da hat ihn der singende Flieger gesehen, der eilig aus seinem Tale fliehen musste. Denn die Erde zitterte, und roter, glühender Schlamm floss in das Tal, wo der Flieger wohnt. Homchen aber saß nahe an dem weißen Berge, über dem die heiße Wolke schwebt, und aus dem Berge kam Feuer und roter Schlamm. Der Flieger eilte vorbei und weiß nicht, was aus Homchen geworden.«

»Quih! Quih!« rief Mea. »Wenn du nichts Besseres weißt!«

»Doch, ich weiß Besseres. Fürchtet nicht für Homchen, denn die rote Schlange beschützt ihn. Der Flieger erzählte mir noch mehr. Da flog ich selbst bis zum warmen Meere, wo die Muscheln wohnen, da hörte ich den Sang des Meeres, da sah ich den Kopf der Schlange, die Homchen getötet hat. Und der Kopf allein war viel größer als das ganze Homchen. Wie konnte Homchen den großen Python töten, vor dem das weite Meer sich fürchtet, wenn ihn nicht die rote Schlange bestimmte, dass er das Wunderbare vermag? Und die Muscheln priesen Homchen und sangen, er sei zwar klein, aber er werde groß. Und es werde alles anders in der Welt. Da blickte ich hinüber zu dem Berge, wo die heiße Wolke wohnen sollte, und erschrak. Denn ganz schwarz schwebte es über dem Berge und Blitze zuckten und Donner rollte. Und noch während ich dort war, rauschte und brauste es furchtbar, und über die Meeresbucht kam ein dunkler Wall, das war Wasser, eine hohe Wand, und stürzte über das Riff und raste auf den Wald zu, und ich floh schnell zurück bis auf die Felswand hinter dem Walde. Von dort sah ich, wie das Meer alles überschwemmte, wo der große Wald war. Aber dort, wo das Riff gewesen, da streckte sich jetzt wüstes Feld von Trümmern und Gestein bis an die Felswand, und als man hinübersehen konnte zum weißen Berge, da war die Hälfte des Berges verschwunden. Und noch immer bebte die Erde. Da flog ich zurück, um euch zu erzählen, wie die Welt einstürzt.«

»Und Homchen«, rief Mea, »was ist da aus Homchen geworden, der am Berge war?«

»Homchen wird wohl nicht auf der Seite des Berges gewesen sein, die einstürzte. Ich sagte schon, sorge nicht um Homchen.«

»Was du auch sagst, ich muss doch sorgen.«

»Und von den Echsen, was hast du gehört?« fragte Knappo.

»Ich vermied das Moor, ich weiß nicht, was sie jetzt tun. Aber das weiß ich, dass sie beschlossen haben, den Wald zu brechen und die Säuger zu tilgen. Der Iguanodon soll ihr Anführer sein.«

»Die Unseren halten Rat draußen. Sie wollen zum Iguanodon; sie wollen um Gnade flehen.«

»Das wird nichts nutzen. Was ist Gnade? So etwas mögen Säuger üben, Echsen wissen nicht, was das ist. Echsen tun, was ihnen gefällt. Ich bin gekommen, um euch zu raten, ich will euch sagen, was ihr tun müsst. Verlasst den Wald! Zieht alle zusammen hinaus nach Süden zu. Dort gibt es noch größere, schönere Wälder als hier. Da haben die Bäume bunte, duftende Büschel und süße Früchte, so viel ihr wollt. Da braucht ihr nicht mühsam harte Nüsse zu knacken, denn weiches, zartes Fleisch wächst um die Kerne, und eure Zähne braucht ihr nicht zu wetzen. Und Ameisen wohnen in großen Häusern, das ganze Jahr reifen die Früchte. Denn kein kalter Nebel weht um die Äste, mild und lau ist die Luft; die Sonne scheint warm am Tage, aber unter den dichten Bäumen ist es dunkel und schattig. Dort sollt ihr hinziehen, wo keine Echsen hinkommen. Dort sollt ihr wohnen ohne Furcht und Kampf! Wandert fort von hier!«

»Fort von hier?« sagte Mea nachdenklich. Aber Knappo rief lebhaft:

»O Taguan, wer hätte gedacht, wie weise du raten kannst! Ja, lass uns in den warmen Wald mit den süßen Früchten wandern. Hier können wir doch nicht bleiben. Warum hat niemand daran gedacht?«

Der Taguan schmunzelte. »Sie wissen nichts von der Welt«, sagte er. »Sie sind nicht hinausgekommen über diese Eichen und Buchen und die harzigen Fichten.«

»Ich will zur Versammlung«, rief Knappo, »ich will sagen, was der Taguan rät.«

»Und ich will dich begleiten«, sagte der Taguan.

Sie brachen auf. Aber als sie an die gewohnte Stelle kamen, wo man die Versammlung abhielt, fanden sie niemand der Alten mehr da. Man hatte sich nicht einigen können, wer zum Iguanodon gehen sollte, und so ward beschlossen, dass die ganze Versammlung an den Waldrand ziehe. Beim Morgengrauen, wenn der Iguanodon zur Weide ginge, dann wollten sie ihn anreden, ob er sie höre. Dort saßen sie alle ängstlich auf den Baumästen und warteten, bis die Sonne und der Iguanodon sich zeigten.

Gescheiterte Pläne

• •

Als Grappignapp und Kaplawutt den Iguanodon verlie-
ßen, suchten sie ihre Gefährten auf dem kürzesten Wege
zu erreichen. Der Abend war nahe, und die Nebel, die
vom nahen Flusse über die Hügel zogen, erschwerten den
Umblick. Dabei gerieten sie an eine Stelle, wo die stach-
ligen Sträucher so dicht standen, dass sie nicht hindurch
konnten. Sie waren gezwungen, auf die zwischen den
Sträuchern zerstreuten Felsplatten zu springen und hier
von Fels zu Fels ihren Weg zu suchen. Vorsichtig blickte Grappignapp sich um; er konnte nichts von den Hohlschwänzen bemerken und glaubte daher, die kurze Strecke
bis zum schützenden Gebüsch ohne Gefahr zurücklegen
zu können.

Aber noch hatten die Zierschnäbel kaum die Hälfte
des Weges hinter sich, als es in der Nähe auf einem höheren Felsen rauschte und eine große Schar Hohlschwänze
hervorstürzte. In hastigen Sätzen suchten die Zierschnäbel zu enteilen, aber die schnellen Hohlschwänze schnit-
ten ihnen den Weg ab. Ringsum lagerten und lauerten
sie auf den Steinen, so dass es unmöglich war, an ihnen
vorbei zu kommen, falls sie es feindlich meinten. Ja sie
hatten sogar die beiden Führer von den etwas zurückgebliebenen Dienern getrennt.

Grappignapp und Kaplawutt hielten an und drängten
sich zusammen.

»Wir sind verloren«, flüsterte Kaplawutt.

»Sie werden es nicht wagen, sie verhalten sich still«,
sagte Grappignapp.

»Sie warten nur ab, wie viele wir sind. Wenn sie sicher

sind, dass nur wir vier hier wandern, werden sie über uns herfallen.«

»Die rote Schlange wird es nicht zulassen, dass wir hier zu Grunde gehen. Ein zu großes Werk steht auf dem Spiele. Ein solcher Zufall, dass die Hohlschwänze uns hier treffen, kann nicht entscheiden darüber, ob die Echsen siegen und herrschen, oder die Beutler. Und wenn wir nicht zu den Echsen zurückkehren, so werden sie sich nicht zum Vorgehen aufraffen. Wir müssen hindurch. Die Schlange wird uns schützen.«

»Meister«, sagte Kaplawutt feierlich, »ja, die rote Schlange wird entscheiden. Aber wer sagt dir, dass sie unsre Klugheit braucht? Sie kann die Echsen vertilgen, oder die Waldtiere auch ohne uns. Wer sagt dir, dass sie unsere Herrschaft erhalten will?«

Grappignapp sah den Genossen zornig an.

»Wie anders sollen die Tiere gebändigt werden, als durch die Herrschaft der Klügsten? Mein Plan ist aufs feinste durchdacht und erwogen. Auf ferne Zeiten blick' ich hinaus und jeden Umstand weiß ich zu benutzen.«

»So klug du bist, so fein dein Plan gesponnen ist – wenn er der Schlange nicht gefällt, kann der dümmste Hohlschwanz ihn umstürzen.«

»Tor! Was ich erstrebe, ersann ich zum Siege der geheimen Lehre. Darum muss es das allein Richtige sein und muss geschehen.«

»Meister«, erwiderte Kaplawutt, »die Lehre ist mir zu groß. Warum müssen die Säuger sterben, warum der weise Iguanodon? Sind sie nicht auch die Kinder der roten Schlange? Vielleicht ist es besser, dass wir sterben, die wir wenige sind.«

»Wie, du wagst es, an der Lehre zu zweifeln?«

»Ich glaube an die rote Schlange, aber ich weiß nicht, ob sie die Zierschnäbel so Gewaltiges gelehrt hat. Ich weiß, dass ich darum sterben muss.«

»Das musst du!«

»Ich beuge mich, wie es die Schlange will.«

»Verräter!«

»Ich verrate nichts. Hier ist ein enger Spalt. Einen von uns kann er bergen, nicht mehr. Schlüpfe hinein. Schon wird es dunkel. Ich will versuchen, durch die Hohlschwänze zu entfliehen. Komm' ich zu den Genossen, so werden die Hohlschwänze nicht wagen dich anzugreifen, denn sie würden von den Echsen vertilgt werden. Sie werden sich zerstreuen, und du bist gerettet. Komme ich nicht hindurch…«

»Die Hohlschwänze nähern sich«, schrie Grappignapp. »Sie haben die Diener ergriffen…«

Der Todesschrei der beiden Zierschnäbel gellte herüber.

»Verbirg dich!« rief Kaplawutt. Und mit schnellen Sprüngen eilte er nach der Seite, wo er glaubte, den Hohlschwänzen entgehen zu können.

»Nein!« schrie Grappignapp. »Das würde wenig nützen. Ich bändige die Hohlschwänze.«

Und mit lauter Stimme rief er:

»Hierher, hierher, ihr Hohlschwänze! Höret was ich euch zu künden habe! Bereut euer furchtbares Verbrechen! Oder die Geister der Nacht werden euch töten – sie werden…«

Ein wildes Geschrei verschlang seine Worte.

»Eierfressen, Eierfresser!« brüllten die Raubtiere.

»Keiner von euch wird der Strafe der roten Schlange entgehen, keiner wird…«

Grappignapp kam nicht weiter. Der Rachen eines Hohlschwanzes hatte von hinten seinen schlanken Hals erfasst und durchbissen.

»Verklage uns bei der roten Schlange«, schrieen die Hohlschwänze, indem sie sich um den toten Körper rissen.

Andere stürzten Kaplawut nach. Sie waren viel schneller als er. Er sah, dass er verloren war. Da duckte er sich zusammen.

»Ich muss sterben«, sprach er für sich. »Ich wusste es, dass ich mit dem Geheimnis der Zierschnäbel nicht leben konnte. Das Gewaltige wissen und nicht künden dürfen, dann ist es besser …«

Die Hohlschwänze begruben das Geheimnis in ihren Mägen.

Lange wartete die Schar der Zierschnäbel in ihrem Schlupfwinkel auf ihre Anführer. Als sie auch am dritten Tag nichts von ihnen vernahmen, trieb sie der Hunger heraus. Ein Teil suchte im Gebüsch. Sie fielen alle nach und nach den Hohlschwänzen zum Opfer. Der Hauptteil gelangte glücklich an das Moor zurück. Aber als sie dort merkten, dass man von ihren Anführern auch nichts wusste, gaben sie sich nur als einen Vortrupp aus und ermahnten die Echsen, auf Grappignapp und die Botschaft vom Iguanodon zu warten.

Die Botschaft kam nicht. Und so kamen auch die Echsen nicht zum Iguanodon. Zwar wollte der Atlanto nach dem Walde aufbrechen, aber unterwegs fand er so herrliche Bäume, dass er fraß und fraß, bis er in der Dämmerung einschlief. Und als er am Morgen erwachte, wehte der Nebel so rau, der Wind so kalt, dass er wieder nach dem wärmeren Meere zurückstieg. Hier hatte allmählich die Großechse neuen Mut gefaßt, und was nicht gefressen werden wollte, musste sich fern von ihr halten.

Inzwischen wartete der Iguanodon ungeduldig auf die Ankunft der Echsen. Und als noch immer niemand erscheinen wollte, dachte er weiter nach und sagte sich:

Warum soll ich eigentlich auf die Echsen warten? Bin ich nicht mein Ideal? Bin ich nicht selbst genug, die Waldtiere zu ihrem Glück zu führen? ich will es tun.

Und so machte er sich eines Morgens in der Frühe auf und schritt über die Wiese nach dem Walde zu.

Hoch wie ein Turm ragte sein Hals in die Lüfte, und wo er den angeschwemmten schlammigen Sand überschritt, drückten sich seine breiten Fußspuren auf Jahrmillionen ein. So stand er vor dem Waldrand und rief mit lauter Stimme; denn er meinte, er brauche nur den Schnabel zu öffnen, und der ganze Wald werde ihn hören bis drüben an die Hügel der sinkenden Sonne.

»Nachttiere des Waldes, kleine Säuger, hört das Wort des Iguanodon, des weisesten der Tiere, dem es zuerkannt ist von der roten Schlange, dass er nicht irrt, wo er verkündet. Lasterhaft ist die Welt, große Untaten geschahen, die ihr büßen müsst. Die Echsen werden heranziehen und euren Wald zerbrechen und fressen. Auch euch wollen sie fressen. Aber ich will euch wohl. Ich will euer Glück. Ihr sollt alle glücklich werden wie ich. Kommt heraus aus dem Walde, damit ihr nicht Schaden nehmt, wenn er gebrochen wird. Kommt heraus auf die Wiese, ich will euch zeigen, wie man die Gräser weidet. Ihr sollt nicht mehr fressen die lebendigen Emsen, und die da auf Raub ausgehen, sollen nicht mehr fressen vom Fleische der Tiere. Auch die harten Nüsse sind nicht gut für eure Zähne, denn spitze, starke Zähne machen euch wild und hindern euch, klug zu werden. Ihr sollt nicht mehr zusammensitzen im Walde, sondern ihr sollt nun auch in der Sonne leben dürfen, weit auseinander auf der saftigen Wiese. Ihr sollt ähnlich werden eurem großen Vorbilde, das die rote Schlange im Iguanodon euch aufgestellt hat. So will ich euch versöhnen mit den mächtigen Echsen, auf dass alle Tiere der Welt glücklich werden und sich nicht stören. Und damit ihr euch nicht im Walde heimlich zusammengesellt, werden wir den Wald brechen, und ich werde den Echsen gebieten, keines von euch anzugreifen, die ihr kein Fleisch esset. Die aber von euch ferner Fleisch fressen, die sollen vertilgt werden von der Erde. Nun kommt heraus und gehorchet.«

Darauf wandte sich der Iguanodon um und ging seiner Weide nach. Denn er war überzeugt, dass diese Kundgebung ausreiche, die Frage zu erledigen. Er hatte sich die Sache überlegt, und so war sie richtig; im Denken war ihm niemand überlegen. Es stand jetzt fest bei ihm, dass er den richtigen Ausweg gefunden habe und dass die Echsen ihm ohne weiteres gehorchen würden.

Die Waldtiere aber wagten nicht sich zu zeigen. Sie zogen wieder in den Wald zurück, um sich zu beraten. Graukopf und seine Sippe waren geneigt, dem Iguanodon zu folgen, wenigstens die älteren, deren Zähne schon ziemlich abgenagt waren. Aber die Mehrzahl, alle jüngeren und alle, die auf Raub gegen die kleinen Winkeltiere ausgingen, widersprachen lebhaft. Und während sie so stritten, trafen sie Knappo und den Taguan.

Als der Taguan vernommen, was der Iguanodon gesagt hatte, sprach er entrüstet:

»O ihr Toren, wie könnt ihr nur einen Augenblick daran denken, euch dem Iguanodon zu ergeben. Eueren schönen Wald wollt ihr vernichten lassen, wollt euch zerstreuen lassen in die kalte Wiese, statt auf den luftigen Ästen zu springen? Wollt eure Familien aufgeben und einsiedlerische Grastiere werden? Glaubt ihr denn, dass das möglich ist? Dass eure Mägen das vertragen? Herunterkommen würdet ihr und aussterben, wenn euch die Echsen nicht vorher fressen. Wie könnt ihr dem Iguanodon glauben, dass die Echsen ihm gehorchen werden? Die tun, was sie wollen. Ja, wenn wir die Macht hätten, Tagtiere zu werden, so hielte ich das auch für einen Fortschritt. Aber hier können wir das nicht, weil die Echsen zu mächtig sind. Das ist ein Zukunftstraum. Wir müssen den Schutz des Waldes suchen.«

»Und wenn er vernichtet wird«, schrie Graukopf.

»Nun darum eben bin ich gekommen euch zu sagen, was ihr tun sollt. Ihr müsst einen anderen Wald, einen schöneren und sicheren aufsuchen. Ihr müsst auswandern!«

Ein allgemeines Durcheinander der Stimmen unterbrach den Taguan. Er ließ die Tiere eine Weile reden, und Knappo erklärte, was ihm der Taguan gesagt hatte. Dann legte dieser ausführlich seinen Plan dar.

An diesem Tage schliefen die Waldtiere nicht. Durch den ganzen Wald flutete das Neue, nie Erhörte. Auswandern, in einen anderen Wald. Und die Idee fand immer mehr Anklang. Enthusiastisch wurde sie von den Jungen aufgenommen. War nicht Homchen auch ausgewandert? Hatte er nicht vielleicht, klüger als die anderen, vorausgesehen, was kommen würde? Und warteten nicht auch ihrer große Taten?

In der Nacht erwog man wieder alle Möglichkeiten; es war doch schwer, einen so umwälzenden Beschluss zu fassen, und als der Morgen dämmerte, krochen die Tiere noch unentschlossen in ihre Nester. Aber sie sollten nicht lange ruhen. Vom Rande des Waldes her kamen aufgeschreckte

Flüchtlinge und weckten die schlummernden Säuger. Ein gewaltiges Krachen war am Waldrand entstanden.

Als der Iguanodon den Tag über vergeblich auf die Wirkung seiner Rede gewartet hatte, beschloss er bei sich, dass der Wald nun gebrochen werden müsse. Die großen Echsen, so meinte er, müssten ja nun bald kommen, um ihn zu unterstützen. Inzwischen wollte er das Seine tun. Und als er nun am anderen Morgen wieder keine Waldtiere auf der Wiese fand, als auch eine zweite Rede niemand aus dem Walde hervorlockte, da trat er an die nächsten Buchen heran, umklammerte sie mit seinen mächtigen Armen und riss die Äste nieder. Und dies setzte er eine ganze Weile fort.

Die Tiere am Rande aber, die es vernahmen, trugen die Nachricht in den Wald. Und bald hieß es, nicht nur der Iguanodon, nein, das ganze Heer der Echsen komme herangezogen. Niemand traute sich an den Waldrand, zu sehen, wie groß der Schaden sei. Alle fürchteten schon, der Atlanto oder die Großechse werde jeden Augenblick durch den Wald brechen. Und der Entschluss, vor dem alle gezögert hatten, wurde jetzt unter dem Eindruck der Furcht sofort gefaßt. Die Familien sammelten sich, die Nester blieben verlassen. Von Ast zu Ast hüpfte, drängte es sich. Die Ältesten sammelten ihre Sippen und suchten Ordnung in den Zug zu bringen. Und so wälzte sich die Masse der Waldtiere, noch immer anwachsend, durch den Wald nach Süden.

Homchens Gesicht

Regungslos lag Homchen im Aufruhr der Elemente.

Es hatte keine Furcht mehr. Die beizende Luft tat ihm nicht weh, der Donner rollte nicht, es war alles still – so hell und frei, und doch ganz anders als sonst. Nun war es wohl tot?

Es war nicht mehr traurig. Das war es vorher, als es wusste, dass es sterben sollte. Alles aufgeben, Wald und Sternennacht, Emsen und Echsenstreit, und die Lieben daheim, und alle die großen Taten, mit denen es die Beutler befreien wollte, und all das Weise, was es ihnen sagen wollte von der großen Schlange – das alles nun nicht zu können, das war sehr traurig – und die eigenen Schmerzen und das Leid der anderen und die Sorge um ihr Geschick. Aber das war nun vorbei. Wie etwas ganz Fernes lag es hinter ihm. Es tat nicht mehr weh.

Hinter ihm! Was war das überhaupt? Es wusste nichts mehr von Vergangenem. Aber vor ihm! Vor ihm lag alles. Was noch nicht war, jetzt konnte man es wohl sehen?

Ob es überhaupt noch Homchen war?

Es sah einen kleinen, weiß gebleichten Schädel, der lag weich gebettet unter einem durchsichtigen Deckel. Und eine Stimme sprach:

Das ist der Schädel eines kleinen Beuteltiers, eines unsrer direkten Vorfahren, gefunden unter ganz merkwürdigen Umständen, an einer Stelle, wo nirgends Ähnliches vorkommt, in einer dünnen fossilen Aschenschicht. Rings eruptives Gestein. Es ist nicht zu erklären, wie er dahin kam, aber er ist da.

Welch eine lange Ahnenreihe noch von ihm bis zu uns! Und doch in ihm schon lebendig das Gesetz der Bildung, in ihm schon die Einheit der Kräfte, die zu uns heraufführt.

Furchtsam mochten seine Genossen im dichten Buchenurwald sich bergen an den Ufern des Meeres, darin langsam, langsam in Jahrmillionen die mikroskopischen

Kalkschalen der absterbenden Seetierchen niedersanken und die Kreidefelsen in unserem Norden aufbauten. Ein schwaches Völkchen mit kleinem Hirn, aber doch gerüstet für die Zukunft, die ihnen gehören musste, den warmblütigen, pelzgeschützten, beweglichen, die den Kampf aufnehmen konnten mit der kommenden Not, den Kampf, den die gewaltigen Riesendrachen nicht bestanden. Und vor ihnen zitterten sie, vor den wutschnaubenden Herren der Erde.

Arme Tiere! Wie unglücklich hätten sie sein müssen, wenn sie hätten ahnen können, dass es dereinst ein höheres, ein selbstbewusstes Leben geben würde, das ihnen versagt war! Dass sie nur die Vorstufe waren, die Ahnen, die noch in Millionen von Geschlechtern vergehen mussten, bis ihrer Nachkommen Glieder erstarkt, ihr Gehirn mächtig genug geworden, um nun ihrerseits die Erde zu beherrschen mit den Mitteln des Geistes, den man die Freiheit nennt? Oder hätte solcher Glaube sie froh gemacht?

Wo war sie, die Idee, die uns trägt, die uns eint, die uns formt zu ihren Organen, die Natur wandelt zum wissenden Tun, und doch auch uns immer noch verborgen bleibt in ihren fernsten Zielen? Wo war sie, als die Drachen die Erde beherrschten? Sie war, wie sie ist, wie sie sein wird, denn sie ist nicht in der Zeit. Und es gibt Seher auch unter uns, in denen sie aufblitzt, ihnen eine Welt zeigt, in rosige Schleier gehüllt, um wieder zu versinken, erdrückt von den Massen, für die ihre Zeit noch nicht gekommen ist. Ob nicht auch in längst abgelebten Geschlechtern hin und wieder ein frührreifes Gehirn entsprossen ist, wie wohl einmal ein Falter in vorzeitigem Wintersonnenschein aus der Hülle schlüpft, um zu erfrieren?

War's vielleicht ein unverstandener Traum, kleines Beuteltier, der dich herlockte, dem ausbrechenden Vulkan entgegen, in dessen Feuersäule du die Macht deiner Nachkommen ahntest? Wer hätte dir zu erklären vermocht, wie diese Flammengluten, unter deren Asche deine Neugier erstickte, der erlösende Zauber sind, die deine nachfolgenden Geschlechter frei machen sollten von der Gewalt der Erde und ihrer minder klugen Geschöpfe? Wir könnten dir jetzt wohl sagen, wie deine Welt sich heraufbaute zu der unseren – wer aber sagt uns, wie wir die unsre bauen sollen zu dem höheren Werden, das wir erträumen?

Was ist's im Grunde? Was wirkt das Göttliche in die Natur? Was formt das ewige Werden und Vergehen zur Dauer bewussten Wollens? Einheit ist es! Zusammenfassen des Vielen, das Viele zu halten und doch Eines sein in ihm, unterscheidend bestehen, weilen im Wandel!

Aus dem Hirn in diesem kleinen Kopfe gingen einst die Nervenfasern hinaus an die Grenzen des Körpers und einten die Wirkungen, die sie trafen, zu einer Gesamtheit. Wenn die Sonne zu warm schien, bewegten sich seine Beine so, dass es im Schatten des Baumlaubs hockte; wenn das Bild der Ameise in sein Auge fiel, streckte es die Zunge hervor und fing sie. Ein Bild weckte das andere, eine Erzitterung der Nerven eine andre. Aber es reichte nicht immer aus, sogleich zu fliehen, sogleich auf die Beute zu stürzen. Vorteilhafter war's, die rechte Zeit zu erwarten. Das leistet das Gehirn; es sammelt die Reize, es hält die Erregungen zurück, um sie dann und dort zu entfesseln, wo die Wirkung ihr Ziel erreicht. Ihr Ziel! Vorstellung des Einen, Erinnerung an das Erreichte, das wieder erreicht werden soll. Und so Zusammenfassung, Einigung dessen, was war, und was noch nicht ist. So hat die Einheit ein Mittel zur Verwirklichung. Auf das Eine spannt sich alles zu – das Fremde wird zurückgedrängt, wird gehemmt. Nun ist das kleine Tier kein Spielball mehr des Augenblicks, nun ordnet es den Andrang des Wirklichen, nun wählt es aus der Fülle der Erfahrung das Nützliche.

Immer weiter wächst der Kreis der Erfahrung, der zu bewältigen ist; immer verwickelter ziehen sich die Fäden vom Vergangenen zum Zukünftigen. So baut sich von Geschlecht zu Geschlecht feiner ausgearbeitet das Organ, das die Wirkungen der Dinge zusammen fasst, das im Unerschöpflichen die geordnete Einheit herausschneidet, die sich ein Ich fühlt. Eine Welt für sich. Von Sternenweiten Licht und Wärme, von Erdennähe Luft und Wasser und der Stoffe wechselnde Verbindung, was ziellos durcheinander flutet, nun sich bindend und lösend in einem Gefühle: Es ist etwas. Nun sich klärend in einem Gedanken: Ich bin! Nun sich fordernd in einem Bewusstsein: Ich will sein!

Eine Einheit in der Welt, aber nicht einmal, nein, millionen Mal, überall dieselbe Einheit im Willen der lebendigen Wesen, die Einheit der ganzen Gattung, zusammenschließend alle einzelnen zur gemeinsamen Wirkung, und diese Wirkung steigernd ohne Grenze. Die Welt ein Mittel durch die Einheit für diese Einheit!

Nun rollt der Stein nicht durch Zufall hernieder; nun spielt die Hand nicht zufällig mit dem Baumast; nun lodert die Steppe nicht zufällig vom Blitzschlag. Ein Ich ist da, das damit etwas erreichen will. Diese Wirkung vergeht nicht, wie der schnelle Einfall, sie bleibt bestehen, sie folgt ihrem eignen Gesetz, der geschwungene Ast, die wärmende Flamme. Es gibt Gesetzgeber in der Welt, es gibt eine Macht über die Natur. Von diesem Gehirn aus werden die

Dinge verbunden zum zweckvollen Werkzeug. Das Sinnvolle gewinnt die Macht über die rohe Gewalt. Das Kleine wird groß, und das Große wird klein. Vor dir liegt der Weg zur Freiheit.

Vielleicht ahntest du, kleines Tier, dass es ein Besseres gebe? Vielleicht blitzte dir die Idee auf, dass es eine Macht gibt, die Freiheit heißt? Dass das Lebendige berufen ist, das Viele zu einen zu einer Selbstbestimmung, zu einem Vertrauen, das in dir selbst spricht und sonst nirgends? Aber diese Ahnung wirklich machen in der Welt und bei den anderen? Das Gesetz verstehen lernen, das die Dinge bindet und eint? Dazu den Weg zu bauen, das konntest du nicht wissen.

Da musste diese Einheit, die sich als lebendiger Körper zeigt, schon vor der Geburt sorgfältiger gebildet sein. Da musste ein kräftigeres Geschlecht erstarkt sein, zu ertragen die Hitze des Tags wie die Kälte der Nacht, bis es lernte, dass der Pelz nicht fest zu hängen braucht am eignen Leib, dass die Waffe nicht angewachsen zu sein braucht der Hand, dass die Wärme sich erhalten lässt in der glühenden Kohle des blitzgetroffenen Baumes, die du in der Felsenhöhle hegst und nährst, ja dass der Funke auch sprüht aus dem harten Stein, aus demselben Stein, der sich schärfen lässt, um besser zu schneiden als dein Zahn. Aber dieser Stein ist ja noch gar nicht da! Noch wächst er in dem Meere an deinem Heimatstrand als Kieselschwamm, noch haben deine Enkelgeschlechter viel Zeit zu erstarken, ehe eine neue Flut ihnen das versteinte Gehäuse aus dem versteinten Meere herauswäscht.

Wohl uns, dass du dir den kleinen Schädel nicht zerbrochen hast! Zu frühe wäre deine Klugheit in die Welt gekommen!

Nun hörte Homchen nichts mehr von der Stimme. Es kam wieder über sein Herz wie eine dunkle Angst, und doch schien es ganz licht rings umher. Wieder spürte es den schwefligen Dampf in seiner Lunge, und wie ein fernes Keuchen und Rollen klang es ihm in den Ohren. Und doch war das der Berg nicht mehr, auch nicht das Meer, auch nicht der Wald. Etwas Regelmäßiges, grüne Streifen, gelbe Streifen, graue Streifen. Und quer hindurch eine lange, gerade Straße. Das Rollen kam näher.

Was war das? War der grausige Python ans Land gestiegen? Da kam in furchtbarer Eile das furchtbarste Tier. Feuer glühte in seinem Haupte, sein Atem dampfte wie die Wolke über dem heißen Berge – welch grausiger Drache reckte seine Glieder? So lang war keine Echse, keine Schlange, so schnell schoss keine dahin. Und wie bewegte es sich? Wo waren seine Füße? Schien es nicht, als wäre der feuerspeiende Berg lebendig geworden und eile durch das Land? Homchen zitterte wieder. So war's doch wahr, was der Taguan bestritten hatte, so wohnte das doch hinter der heißen Wolke, bei der roten Schlange, was einst kommen sollte, das rollende Tier, das nicht lief, noch schwamm, noch flog? Das war das rollende Tier! Aber wie? Die rote Schlange, das wusste es doch jetzt, die rote Schlange wohnte nicht hinter der heißen Wolke, die rote Schlange wohnte in ihm selbst, wohnte überall, wo man sie ehrte, wo man sie verstand. Wohnte dort auch das rollende Tier? Jetzt sauste es vorüber – und da saß Homchen selbst auf dem rollenden Tier und fuhr mit ihm dahin. Es hatte keine Angst mehr, es fühlte sich groß und kräftig – das Tier gehorchte ihm, es raste mit ihm durch die Länder und es stand still, wo Homchen wollte – keine Echse konnte es einholen.

Aber hier gab's gar keine Echsen …

Was glänzte da so seltsam wie Felsen, aber so weiß und glatt? Und nun verschwanden sie im Dunkel, doch sie sahen noch heraus mit leuchtenden Augen. Wie hell diese Augen glänzten! Waren es noch Augen? Das waren wohl Sterne? Das war der rote Stern, der strahlte über das Heimatmeer, der strahlte treu und hoffnungsvoll und unverändert, und alles andere war dunkel, nur der Stern sprach mit seinem milden Lichte: Dich grüßt die Zukunft.

Ein stechender Schmerz durchzuckte Homchen, und nun konnte es auf einmal wieder atmen. Es lag eine schwere, dichte Hülle über ihm, aber der Stern glänzte noch, und die Luft war freier. Es versuchte sich zu schütteln. Da fiel die Hülle von seinem Haupte. Der Tag blickte in sein Auge. Aber dort, wo der Stern geschienen hatte, sah es jetzt einen breiten Feuerstreifen. Homchen schüttelte sich wieder und wieder. Die Asche stäubte von seinem Pelzchen. Es war frei. Das Schlangental war ein feuriger See, die Berge sahen verändert aus. Und vorsichtig suchte es einen Weg rückwärts.

Dichte Wolken verdeckten den weißen Berg. Aber der herabgestürzte weiße Sand, der Homchen die Flucht vor der Schlange abgeschnitten hatte, war jetzt überschüttet mit einer Schicht von Asche und Steinen, so dass Homchen darüber fortlaufen konnte. Es suchte die Wiese, wo die Immen gesummt hatten. Nun erkannte es wohl die Felsen wieder, von wo es hinausgeblickt hatte in die weite Welt, wo es sich so klein gefühlt hatte und so groß, wo es geglaubt hatte, dass es bei der roten Schlange sei, wo es die rote Schlange in sich gefunden hatte. Da war auch die Stelle der Wiese. Aber der Bach rauschte schmutzig und grau über neue Felstrümmer, keine Blumenaugen sahen aus Staub und Schutt, keine Immen und Falter spielten im Sonnenschein…

Und nun kletterte es noch einmal die Felsen hinan, um sich umzuschauen, wie es über das warme Meer gelangen könne. Es war ein schwieriger Weg, denn Homchen war müde und hungrig. Endlich der letzte Steinblock. O, wie erschrak es da! Vor ihm stürzte der Fels steil in die schwindelnde Tiefe. Wohin waren die grünen Wiesen, die Wälder, die sanften Hügel, wohin die Nachbarberge mit ihren dunklen Kuppen? Verschwunden. Unmittelbar unten brandete ein wildes Meer an ödem Strande. Und dieser öde Strand zog sich jetzt hinüber bis an den Felsrand, über den Homchen zu den Muscheln hinabgestiegen war. Aber weiter im Osten, wo der Wald gewesen war mit den rosigen Blätterbüscheln und den süßen Früchten, wie sah es da aus? Eine Wasserflut war hinübergegangen und hatte den Strom gestaut, und nun lag alles vernichtet wie in einem Sumpfe. Weiterhin konnte Homchen nicht sehen, denn dort wogten weiße und graue und schwarze Wolken, und mitunter schimmerten sie rötlich, wenn der Wind sie trieb, im Widerschein des Glutsees, der durch das Schlangental floss.

Das Große wird klein und das Kleine wird groß! Homchen dachte an seinen seltsamen Traum, aber es durfte ihm jetzt nicht nachhängen. Es musste hinüber bis über jenen Felsabhang, von dem es zuerst den weißen Berg gesehen, dorthin lag die Heimat, freilich wie fern, wie fern! Und doch! Dort allein konnte es Rettung geben. Und nun hatte ja die Zerstörung selbst die Brücke gebaut.

Rettung für sich, Rettung für die Seinen! Also hinunter!

Feuer

Homchen war wieder auf dem buschigen Gelände angelangt, von dem aus es bei seinem Herwege die Felsen zum
Meer herabgestiegen war, aber jetzt viel weiter westlich.
Wollte es nach dem Walde der Heimat, so musste es nach
rechts, denn nördlich von ihm lag die weite Steppe, die zuletzt in das Drachenmoor ausing. Aber auch so hatte es
immer noch ein tüchtiges Stück durch Buschwerk und weite Grasflächen zurückzulegen. Wie war das alles so ausge-
dörrt und trocken! Mit Mühe hatte es spärliche Nahrung
und ein wenig Wasser gefunden, dort, wo die Felsen sich
herabzusenken anfingen. Und dort beschloss es auch, die
Nacht abzuwarten, weil es sich nicht bei Tage über die Steppe wagte. Hier gab es Höhlungen, in denen man sich bergen konnte. Da verkroch es sich todmüde und schlief ein.

Als es neu gestärkt aus seiner Höhle heraus auf die weite Fläche kletterte und Umschau hielt, war die Nacht an-
gebrochen. Ein scharfer Wind wehte von Südwest, aber
der Himmel war klar und die Sterne leuchteten. Da stand
auch wieder der rötliche Stern. Von ihm her hatte die rote
Schlange zuerst zu ihm gesprochen. Nun wusste es, dass sie
nicht dort wohnte, dass sie in ihm wohnte, in ihm sprach.
Immer deutlicher hatte sie in ihm gesprochen. Von der
Welt, die noch nicht ist, wo die Echsen nicht herrschen,
sondern die guten Tiere, die klugen Tiere. Ja es gab einen
Weg in diese Welt, mochte er auch lang sein, mochte auch
Homchen ihn nicht zu Ende gehen, aber späte Geschlechter werden ihn gehen. Es hatte ja seinen eignen Schädel
gesehen, und über diesem Schädel war die Stimme jener
späten Geschlechter erklungen.

Zu wem mochte jene Stimme gesprochen haben? Wohl schon zu den klugen, guten Tieren, die da kommen sollten, denn Homchen hatte vieles davon nicht verstanden. Aber einiges hatte es doch herausgehört, was es selbst schon erlebt und gedacht hatte; das gab ihm nun ein Licht im Dunkel, wie die leuchtenden Sterne des Himmels, zu denen die Echsen nicht aufsehen durften. Es musste lächeln, dass es einst gezweifelt hatte, ob die Zierschnäbel nicht vielleicht doch recht hätten. Wie klein schien ihm jetzt das alles, was sie von der roten Schlange gesagt hatten. Die rote Schlange war viel, viel größer, sie war alles! Zu ihr konnte man nicht, aber immer klarer und klarer konnte sie in uns aufleben, wenn wir den Weg erkannt haben. Das Viele müssen wir zu dem Einen machen, das wir selbst sind, die Dinge verbinden in uns, und wenn wir das lernen mehr und mehr, so werden wir sie beherrschen. Das ist der Weg zur Freiheit. So hatte die Stimme gesagt. Das verstand Homchen. Aber wie war das gemeint mit der Waffe, mit der Wärme, mit den Dingen, die ihr Gesetz haben? Wie konnte man das Gesetz finden? Vertraue dir selbst, und du hast das Ziel. Erkenne das Gesetz, und du hast die Macht. Das Kleine wird groß durch das Gesetz.

Wie das? Wie kann man das Gesetz erkennen und die Macht gewinnen? Hatte die Stimme das nicht verkündet, oder hatte es Homchen nur nicht verstanden? Da mussten wohl erst die vielen Geschlechter kommen und vergehen, ehe das klar werden konnte? Und doch, was war denn geschehen, als die Stimme schwieg? Das rollende Tier war gekommen. Wer das besiegt, wer das beherrscht, ja, der hätte die Macht!

Groß werden, mächtig werden! Herrschen!

In dem Traume, nein, in dem Gesichte, das Homchen

an dem feurigen, weißen, zitternden Berge gehabt hatte, da hatte es selbst auf dem rollenden Tier gestanden und hatte es beherrscht. Ist es ihm bestimmt, ihm oder erst jenem späten Geschlechte, dessen Stimme es vernahm, das rollende Tier zu zähmen, auf ihm durch die Länder zu sausen und mächtiger zu sein als alle Echsen? Was musste es tun? Glut und Feuer waren es, die in dem Tiere lebten … Glut und Feuer, wenn es die bezwänge! Und warum sollte es nicht auch die bezwingen? Hatte es sie nicht schon erprobt, als sie aus dem weißen Berge brachen, als sie aus dem Schlangentale quollen, als die heiße Asche Homchen bedeckte? Da war es tot gewesen, und doch war es wieder lebendig geworden und hatte die Asche abgeschüttelt.

Ja, vertraue dir selbst! Es ging in ihm auf wie eine heilige Gewissheit, die rote Schlange führe es ihren Weg zum Siege seines Geschlechts. Darum hatte es zu den Sternen geblickt, vor denen die Tiere sich fürchteten. Darum hatte es den Hohlschwanz besiegt. Darum hatte es vom Haupte der toten Seeschlange den Gesang der Muscheln gehört und war über das Meer gefahren auf dem Haupte der Schildkröte. Und darum hatte die rote Schlange ihm Rettung verliehen. Und mit der eignen Hand hatte es den Stein geschwungen, der die böse Schlange tötete. O, da war ihm ja schon die Macht gegeben, die das Kleine groß macht – das Kleine wird groß! Wo seid ihr, Feuer und Glut, dass ich euch bezwinge? Ich will euch nicht fürchten! Mich schützt die rote Schlange! Hinaus jetzt, hinweg zur Heimat!

Viel beschwerlicher war der Weg, als Homchen erwartet hatte. Erst zwar fiel die Steppe sanft ab, dann aber stieg sie wieder an, wurde immer steiniger und schließlich kam Homchen auf einen kahlen, felsigen Hügelrücken, über den es fort musste. Nun ging es wieder eine Stunde durch das dürre hohe Gras, bis die breite Talmulde sich abermals zu einem steinigen Felsstreifen erhob. Und diese Bildung setzte sich fort. Ob es nicht in der Richtung der flachen Täler wandern konnte? Aber das war die Richtung nach dem Drachenmoor, die es nicht einzuschlagen wagte. Also wieder die kahlen Hügel hinauf. Nun spähte es in die folgende Bodensenkung hinab.

Was war das dort im Grase für ein Rascheln? Tiere liefen, sprangen dahin, alle in großer Eile, alle in der Richtung des Tales nach Norden fliehend.

Wo kamen sie her? Was ist dort im Süden? Jetzt erst vom Hügel kann Homchen es bemerken. Wolken ziehen herauf, aber sie sind gerötet, gerötet wie die Wolken über dem feurigen See. Und näher und näher kommt es mit Windeseile. Unter den Wolken ein Flammenmeer. Aber Homchen fürchtet sich nicht. Es blickt zurück nach der Talmulde, aus der es heraufgestiegen ist. Dort ist alles dunkel. Das Feuer kann nicht über den kahlen Rücken, es läuft mit dem Winde in dem breiten Tale vor ihm, es läuft geradeaus wie das rollende Tier. Und vor ihm fliehen alle Tiere. Ach, wenn es den Tieren sagen könnte, den dummen, die dort geradeaus rennen und fliegen, und doch langsamer sind als die Flamme... wenn es ihnen sagen könnte, kommt herauf, herauf auf die kahlen Felsen – aber es darf sich dort hinab nicht wagen, es ist zu spät – und die Tiere sind sinnlos, sie hören nicht, sie sehen nicht, sie kümmern sich nicht um einander...

Und nun rast da unten die Flamme vorüber. Homchen kann es deutlich sehen und spürt doch kaum merklich die Hitze, denn der Wind weht schräg von ihm fort. Nur wenige Minuten dauert es, dann sind die trocknen Grashalme verzehrt, es qualmt nur noch über dem Tale, aber hier und da brennt noch ein einzelner Dornbusch, ein Strauch. Immer seltner werden die Flammen, es glüht nur noch vereinzelt hin und wieder in der Dunkelheit... Der Steppenbrand ist vorbei.

Homchen versucht seinen Weg fortzusetzen. Vorsichtig betritt es den Boden, über den die Flamme hinweggeeilt ist. Bald hier, bald da probiert es vorwärts zu kommen, aber es muss immer schnell wieder zurück, es wird ihm zu heiß unter seinen Füßen. Es läuft am Rande der Brandstätte hin nach der Richtung, aus der das Feuer gekommen. Oft sieht es tote Tiere liegen, erstickt, angekohlt, es schaudert, Und dort, was ist das? Eine ganze Herde... Es schleicht so nahe wie möglich. Und nun erkennt es die Geschöpfe... Es sind Zierschnäbel! Die klugen Zierschnäbel, die allein mit der roten Schlange reden dürfen. Sie hat sie nicht geschützt, auch die Zierschnäbel hat das Feuer ereilt. Und das Feuer stammt doch von der roten Schlange. Das weiß Homchen. Die Flamme kam aus dem weißen Berge, die Glut floß durch das Tal. Irgendwie mochte sie dann herübergedrungen sein – vielleicht hatte der Wind die feurige Asche bis an den Rand der Steppe getragen, vielleicht hatten die Blitze, die aus den dunklen Wolken zuckten, das Gesträuch entzündet – aber ein Bote der roten Schlange war's doch...

Was glühte dort noch deutlich sichtbar in der Dämmerung, die über dem Tale aufstieg? Homchen musste es näher sehen, es gelang ihm hier bis heran zu kommen. Zusammengestürzte Äste waren es jener merkwürdigen Pflanze, die in ihren festen hohlen Rohrstengeln das trockne, mehlartige Mark barg. Da lagen noch ganz unversehrte Stücke, die das eilige Feuer nicht ergriffen hatte, als der Sturm die dorrende Pflanze zusammenbrach;

nur an ihrem offenen Ende glimmte das Mark und leuchtete auf, wenn der Wind stärker darauf traf. Ein Stück lag weiter von den anderen entfernt. Homchen griff danach mit seinen Händen – an den Enden war es heiß, aber in der Mitte ließ es sich berühren, ja es war kaum warm. Homchen konnte es zwischen die Zähne nehmen. Es lief damit ein Stück fort. Und im Laufe blies der Wind hinein, es kam eine kleine Wolke heraus, die Wolke des Feuers... Homchen trug das Feuer! Wollte es nicht das Feuer bezwingen?

Homchen saß vor dem Rohr und starrte darauf mit Ehrfurcht – ein Wunder war's, ein unbegreifliches Wunder. Es merkte nicht, dass nicht weit von ihm aus der Richtung, aus der es gekommen war, es dunkel und rasselnd durch die Luft zog, dass es sich am Rande des Tals niedersenkte und über die erstickten, halb verkohlten Leichname der Tiere herfiel und fraß und fraß. Hohlschwänze waren es, aber nicht einer, eine ganze Herde, die hier ihre Mahlzeit fanden, Homchens wütendste Feinde. Jetzt hatten sie die toten Zierschnäbel erblickt und stießen ein Freudengekreisch aus, indem sie sich auf die Leichname stürzten. Da schreckte Homchen empor. Es erkannte die furchtbare Gefahr. Wenn die Hohlschwänze mit ihrem Fraße fertig waren, mussten sie Homchen entdecken. Wie sollte es ihnen entgehen? Hier war kein Versteck, und mit so vielen Feinden konnte es keinen Kampf wagen. Vielleicht konnte die Flucht noch gelingen. Aber sie konnte nirgends anders hingehen als über die Steinhügel zurück in die Talmulde, aus der es gekommen, dort wurde es vielleicht von den Hohlschwänzen nicht bemerkt.

Homchen nahm sein Rohr wieder zwischen die Zähne und rannte den Hügel hinauf. Oben wandte es sich um, ob es verfolgt würde. Da sah es die Hohlschwänze sich vom Boden erheben. Einer hatte es erspäht. »Der Kala, der Kala!« schrie er.

»Der Kala, der freche Kala!« kreischte die ganze Gesellschaft. »Tötet ihn!«

Und mit rasselndem Flügelschlag schickten sie sich zur Verfolgung an.

In gewaltigen Sprüngen setzte Homchen den Hügel hinab, um sich womöglich im Grase zu verbergen. Hinter ihm tobte die Schar der Verfolger. Die eigentliche, zusammenhängende Grasfläche war noch entfernt, als schon die Hohlschwänze über dem Hügel erschienen und Homchen wieder erspähten. Aber einzelne mit Halmen bestandene Flecken und Streifen zogen sich hier und da schon hin. Mit Anstrengung aller Kräfte lief Homchen darauf zu. Der Atem drohte ihm zu vergehen. In der Eile des Laufs erglomm das Rohr stärker, das es noch immer treulich im Maule hielt. Es wurde heiß, aber noch hielt Homchen es fest. Da war der erste Grasfleck. Homchen sprang hinein, doch waren die Halme, obwohl dicht, noch nicht hoch genug, es zu verbergen. Die Hohlschwänze kreischten hinter ihm. Es musste Atem schöpfen, das Rohr entfiel ihm. Es konnte es nicht wieder fassen, es war zu heiß, und Homchen musste weiter hinein. Sein Weg lief dem Winde entgegen – noch eine kurze Strecke, und das hohe Gras wäre erreicht gewesen, aber Homchen wusste, die Hohlschwänze waren zu schnell, es konnte ihnen nicht mehr entgehen. Es wandte sich um, um nicht von hinten und wehrlos erfasst zu werden...

Aber was war das? Die Hohlschwänze waren ihm nicht mehr dicht auf den Fersen – sie hatten in ihrem Fluge innegehalten und stießen ein wirres Geschrei aus, denn unmittelbar vor ihnen, dort wo Homchen das Rohr hatte fallen lassen, breitete sich ein dichter Rauch aus und schreckte sie zurück. Und nun, unter der Kraft des starken Windes, schlug aus dem Rauch eine helle Flamme, im Nu lief sie den Streifen des dürren Grases entlang bis in das Tal hinein, flackernd flammte die Steppe auf, und ein breiter Feuerstreifen wälzt sich dahin, glücklicherweise fort von Homchen.

Der Rauch verhüllte die Hohlschwänze vor Homchens Blicken. Homchen saß wie betäubt. Was war geschehen? Von dem glimmenden Rohrstück, das es getragen, hatte das Gras sich entzündet! So konnte man das Feuer forttragen? So konnte man tun, was nur die rote Schlange vermochte, die Steppe verbrennen. Vor ihm nach Norden war der Himmel grau vom Rauche bedeckt. Der Tag brach an, aber der Himmel wollte sich nicht aufhellen. Wolken dehnten sich jetzt überall. Es begann zu regnen. Stärker und stärker!

Homchen schreckte aus seinem Sinnen auf. Wohin wollte es doch? Nach dem Heimatswalde! Wie viel Zeit hatte es schon versäumt. Es lief vorwärts, zuerst ein Stück im Tale hinab. Das Gras war verbrannt, aber der Regen hatte die Glut des Bodens rasch gekühlt, es konnte jetzt schnell von der Stelle kommen. So weit es sehen konnte, lag das Gras in Asche. Aber was lag dort?

Die Hohlschwänze! Die bösen Feinde... Sämtlich ereilt von der Macht des Feuers, tot... Alle!

Homchen hatte alle seine Feinde vernichtet.

Es wandte sich ab und lief den Hügel hinauf, durch das nächste Tal und wieder die Höhe hinauf – es wusste kaum, was es tat. Es war in einer anderen Welt – nein die Welt war in ihm, die Welt gehörte ihm...

Jetzt blickte es auf – vom Hügel herab sah es drüben über der Steppe einen dunklen Streifen – das war keine Steppe mehr. Es wusste, was es war. Noch ein kurzer, anstrengender Lauf, und es ruhte am Rande des Waldes.

Wieder im Walde

Bis zum Anbruch des Abends schlief Homchen im hohlen Stamme einer Buche am Waldesrand. Da wurde es durch ein Rauschen im Walde erweckt. Es spähte hinaus. Der Regen hatte aufgehört, das Wetter war still und klar. Es war nicht der Regen, nicht der Wind, die durch die Äste fuhren, dass die Blätter raschelnd herniederglitten. Stimmen hörte man jetzt dazwischen, Zurufe von Tieren.

»Quih! Quih! Hi Kala! Hu Kusu! Eh! Eh! Gnu, Gnuru, Gnura! Quih!«

Homchen stieg hinauf zu einem der kahlen Äste, von denen es in den Wald hineinsehen konnte.

Näher kam es und näher. Tiere des Waldes, Trupp auf Trupp, ein ganzer Zug. Scharen der jungen Beutler, die Vorhut der Auswanderer. Gar nicht sehr weit von Homchen hatte die große Menge der Waldtiere den Tag über geruht, jetzt hatten sie ihren Weg nach Süden wieder aufgenommen.

Homchen wusste zunächst nicht, was es von der Bewegung der vielen Tiere halten sollte. Es beobachtete hinter einem Seitenaste verborgen. Manchmal kamen einzelne Tiere so nahe, dass Homchen glaubte, sie müssten es sehen. Wirklich, es waren die Säuger des Heimatwaldes! Was wollten sie hier?

Und da – da eilte ein Trupp junger Kala heran. Einer hielt still und blickte nach Homchen hin, er spitzte die

Ohren und richtete sich auf... Dann sprang er mit einem Freudenschrei auf Homchen zu:

»Homchen, Homchen, bist du's?«

»Ja, Puhs, mein Bruder, ich bin's!«

»Homchen ist da, Homchen!« so schallte es zu den Kala.

Die umringten Homchen mit Jubel, neue kamen herbei, andere eilten auf den Freudenruf wieder zurück, und alle die Jungen sammelten sich um Homchen und bestürmten es mit Fragen.

Homchen schwoll das Herz in Freude und Stolz, als es sich so von seinen Brüdern und Freunden, von der ganzen Jugend des Waldes begrüßt sah. Und nun erfuhr es, was in der Heimat geschehen. Die Seinigen waren auf der Flucht vor den Echsen. In den Süden wollten sie, in den warmen, immer blühenden Wald mit den süßen Früchten, wo es keine Echsen gab? Dazu hätte Homchen seinen Weg zur großen Schlange angetreten und durchgeführt, damit ihnen der Heimatwald geraubt werde, damit sie im üppigen Süden ihre Stärke, ihren Mut, ihre spitzigen, scharfen Zähne verlieren sollten? War das der Weg zur Macht, den es den kommenden Geschlechtern zeigen wollte? Nein! Homchen war entschlossen, dass das nicht sein dürfe.

Während Homchen so schweigend überlegte, erschollen zwischen den Erzählungen der Tiere Fragen und Ruhmeserhebungen. »Wie sieht die rote Schlange aus? Wie viel Feinde hast du getötet? Ist es wahr, was der singende Flieger sang? Welche Schlange hast du besiegt? Es lebe Homchen, der Sieger, der die Schlange fraß! Führe uns, Homchen, nach dem Süden, dass uns die Echsen nicht fressen! Schütze uns vor dem Iguanodon, schütze uns vor dem Zorn der Zierschnäbel, dass uns die rote Schlange wieder gnädig wird! Sie sagen, du hättest die rote Schlange getötet und die Welt gehe zu Grunde. Sage, dass es nicht wahr ist!«

»Es ist nicht wahr!« rief Homchen in das Gewirr der Stimmen hinein. »Die rote Schlange kann niemand töten. Sie ist mit uns! Sie hat mich geschützt in tausend Nöten und mir Macht gegeben über alle Feinde! Sie wird uns auch gegen die Echsen schützen, wenn ihr mich hören wollt.«

Und Homchen sprang auf einen noch höhere Ast und rief laut sein Lied, dass die Tiere schwiegen, als es durch den Wald scholl:

»Homchen heiß' ich,
Echsen beiß' ich,
Mehr als alle Tiere weiß ich.
Schlangen schlag' ich,
Flammen trag' ich,
Neue Wunder sag' und wag' ich.«

Die Tiere bildeten ehrfürchtig einen Kreis um Homchen, das stolz und sicher auf sie niederblickte.

Da drängte sich durch die Menge ein Kala, dem sie willig Raum gaben.

»Homchen, mein Sohn!« rief Mea.

Homchen sprang herab von seinem Sitz und barg sich an der Brust der Mutter.

»Homchen lebt! Homchen ist da!« drang die Kunde weiter und weiter in den Wald. Und nun sammelten sich auch die Alten und verweilten auf ihrem Zuge. Aber nur Knappo eilte zu Homchen, die anderen hielten sich zweifelnd und zürnend zurück.

Sie hielten Rat. Wie sollte man sich zu Homchens Rückkehr stellen? Homchen war vom Walde gebannt. Sollte man ihn jetzt wieder aufnehmen? Man war nicht mehr im Heimatwalde. Man war hier selbst fremd und konnte Homchen nicht vom Walde vertreiben. Aber Homchen war schuldig an dem ganzen Unglück der Säuger, er hatte den Zorn der Echsen veranlasst, seinetwegen musste man die Heimat verlassen. Durfte man ihm also erlauben mitzuziehen? Durfte er wieder in die Sippe zurückkehren? Wenn er nun wirklich die rote Schlange versöhnt hätte? Die Meinungen waren geteilt, aber Graukopf und die Mehrzahl der Alten waren gegen Homchen.

Der Rat wurde in unerwarteter Weise unterbrochen. Mitten in die Versammlung drängte sich das Heer der Jungen, Homchen an ihrer Spitze. Zornig verwies ihnen Graukopf die Störung, aber die dichte Menge der Eindringlinge wich nicht zurück. Homchen sprang über die Köpfe der Versammlung auf einen Baum und begann zu reden. Und schon hatte der Ruhm, der um Homchen einen Sagenkreis gewoben, auch die Meinung seiner Gegner beeinflusst, dass man es nicht wagte, Homchen mit Gewalt zu entfernen. Allmählich drang seine Stimme durch den Lärm, und aufmerkend, wenn auch unwillig, hörte man auf seine Worte.

»Ja, die rote Schlange sprach zu mir«, rief Homchen, »sie zürnt mir nicht, sie zürnt uns nicht! Glaubet mir, ihr Säuger des Waldes! Das Große wird klein und das Kleine wird groß! Die Zeit der Echsen ist vorüber. Sie sollen vertilgt werden wie die Schlangen, die ich schlug mit dem Stein des Berges, sie sollen dahinschwinden wie die Hohlschwänze, die ich verbrannte mit der Glut der Steppe. Glaubet nicht den Zierschnäbeln, dass die Echsen immer herrschen, dass die Waldtiere immer sich fürchten sollen im Dunkel. Die Zierschnäbel lügen! Sie sagen, die Echsen seien aus dem Ei gekommen, das die rote Schlange in den Tag legte, das war die Sonne. Und aus dem Ei, das sie in die Nacht legte, seien die Waldtiere gekommen, das war der Mond. Und darum müssten die Waldtiere in der Nacht bleiben, die Echsen aber sollten herrschen wie der Tag. Ich aber sage, die Zierschnäbel lügen. Wenn es so wäre, wie sie sagen, so könnten Sonne und Mond nicht mehr scheinen, denn aus ihnen wären Echsen und Säuger geworden. Ihr wisst aber, dass die Sonne alle Tage scheint! Und ihr wisst – doch blickt euch um, was steigt dort empor zwischen den Ästen des Waldes? Blutigrot schimmert es euch ins Antlitz. Sehet ihr? Es ist der Mond ... Und so sind wir nicht gekommen aus dem Monde!«

Ein Schauer ging durch die Zuhörer, als sie sich umblickten und groß und feierlich das Nachtgestirn sich erheben sahen.

»Die Zierschnäbel lügen«, fuhr Homchen fort. »Sie haben nichts voraus vor den anderen Tieren. Es ist nicht wahr, dass sie allein den Weg zur roten Schlange kennen, dass sie allein mit ihr reden dürfen. Jeder kann den Weg gehen, jeder kann mit der Schlange reden. Denn ich habe sie gefunden. Ich brauchte mich nicht mit ihr zu versöhnen, denn sie hat mir nie gezürnt. Sie spricht aus mir, in jedem will sie sprechen, der sie sucht. Denn sie ist nahe bei uns.«

Still war's ringsum im Walde. Kaum zu atmen wagten die Tiere. Nur hell und laut klang Homchens Stimme.

»Durch die Steppe sprang ich zur Nacht. Vor mir floh die sengende Flamme, denn mit mir war die rote Schlange. Und die Flamme fraß die Zierschnäbel, als sie zurückkamen vom Moore. Dort waren sie gewesen, um die Echsen aufzureizen, damit sie den Wald vertilgten und euch vertrieben. Auf meinem Wege fand ich die verbrannten Leichname der Zierschnäbel. Die rote Schlange schützte sie nicht. Ich aber nahm das Feuer zwischen meine Zähne und trug es davon. Und mich schützte die rote Schlange. Und also will sie auch euch schützen, wenn ihr auf sie hört.

Glaubet mir, es kommt eine Zeit, da weiß man nichts mehr von den dummen Echsen. Es kommt eine Zeit, da herrschen die klugen, die guten Tiere. Groß und stark werden sie und treten bei Tage aus den Wäldern, aufgerichtet auf zwei Füßen, und heben die Augen auf zum Lichte des Himmels. Und sie schwingen den Stein und den Baumstamm, dass sie ihnen gehorchen, und sie tragen die Flamme und locken sie hervor, dass sie ihnen dient und sie schützt und wärmt in der Kälte des Winters. Und die Macht der klugen Tiere wird groß auf der weiten Erde, und nicht der Berg und nicht der Fluss noch das Meer können sie hemmen. Denn in ihnen lebt die rote Schlange.

Euch aber sage ich, die da wollen, dass die Zeit komme, in der unsre Enkel herrschen über die Erde, in der nicht die Bestie gewaltig ist, wie sie will, und an sich reißt, was sie kann, sondern in der auch der Schwache stark ist durch die Güte und Klugheit, die in allen zusammenwirkt, wer das will, was die rote Schlange verheißt, der höre auf mich! Der ziehe nicht nach dem Süden, der kehre um zum Heimatwalde! Der fasse Mut und folge mir! Folget mir alle!«

Homchen wartete keine Gegenrede und keine Beratung ab. Während die Versammlung noch überrascht und erschreckt von dem Unerhörten, von der neuen Verkündigung und der kühnen Forderung, schweigend verharrte, sprang Homchen, gefolgt von seinen Getreuesten, in der Richtung der Heimat durch den Wald. Nach kurzer

Strecke hielt es an und wartete, ob sich die Säuger alle anschließen würden. Es kamen auch die jüngeren fast alle, von den älteren nur wenige, unter ihnen seine Eltern und die nächsten aus der Kala-Sippe.

Graukopf aber und die Mehrzahl der Alten blieben zurück. Sie berieten lange. Alle fragten nach dem Taguan, aber der Taguan war nicht zu sehen. Man wusste nicht, wo er hingekommen war. Endlich beschloss man, den Zug nach dem Süden fortzusetzen. Ein Bote eilte zu Homchen, um seine Partei zum Anschluss aufzufordern. Er kam unverrichteter Sache zurück. Und so trennte sich das Geschlecht der Beutler.

Die einen zogen nach Süden. Monatelang wanderten sie umher. Dann fanden sie immergrüne Wälder mit reicher Nahrung und milder Luft. Da lebten sie und ihre späten Geschlechter ungestört als kleine Beuteltiere…

Homchen aber und die anderen zogen nach Norden, ungewissem Schicksal entgegen, wilden Feinden und rauen Wettern, aber mit Mut und Hoffnung in den trotzigen Herzen. Und doch – ein Schauer des Unheimlichen überfiel sie, wenn sie Homchens Rede gedachten.

Nahe am Waldrande hielt sich ihr Weg. Als der Morgen anbrach, suchten sie sich Nahrung und sichere Plätze auf den Bäumen, denn sie waren müde und mussten schlafen.

Nur Homchen konnte nicht schlafen. Eine Sorge war in ihm lebendig. Wenn die Echsen gegen den Wald zogen, wie sollte es die Seinen verteidigen, wie sollte es sie vor den Echsen schützen? Wohl wusste es, die rote Schlange würde ihm helfen. Es musste ein Mittel geben gegen die Gewalt der Echsen! Hatte es nicht die Steine gegen die Schlange geschleudert? Hatte es nicht die Hohlschwänze mit Feuer verbrannt? Aber woher sollte es das Feuer nehmen?

Homchen schlich sich bis an den Rand des Waldes und spähte hinaus. Hier hatte es nicht geregnet. Drüben im Westen war der Himmel von Wolken umzogen, die im Widerschein des Frührots seltsam leuchteten. Hier saß es lange still.

Durch das Schweigen des Morgens flatterte eilig ein Tier am Rande des Waldes hin.

»Taguan!« rief Homchen.

»Hik! Hik! Homchen bist du es? Hast du die Deinen nicht unterwegs getroffen?«

»Ich habe sie getroffen und die Jungen sind mit mir zurückgekehrt. Sie schlafen drin im Walde. Ich führe sie nach der Heimat.«

»Und die anderen?«

»Sie ziehen nach Süden.«

»O Homchen, wie konntest du die Kala bereden, umzukehren? Komm zurück. Komm eilend zurück! Nur im Süden ist Rettung.«

»Ich fürchte mich nicht vor den Echsen. Die rote Schlange wird uns beschützen.«

»Glaube das nicht. Die rote Schlange gerade versperrt euch den Weg.«

»Was soll das heißen?«

»Ich weiß es selbst nicht, aber ich habe es von fern gesehen. Ich flog noch einmal zurück. Ich wollte sehen, ob noch Säuger im Walde verlassen geblieben wären, ja ich wollte sogar bis zum Igel, um ihm Lebewohl zu sagen. Ihr Kletterbeutler braucht so viel Zeit zum Wandern, inzwischen mache ich dreimal den Weg. Aber als ich weiter nach Norden kam, vielleicht noch eine Nachtreise für euch von hier, da wehte es heiß von der Steppe her und es leuchtete durch die Nacht, dass ich erschrak. Da flog ich weiter im Walde, bis ich an die Schlucht kam, die sich von den Hügeln herein erstreckt, und immer weiter in ihr nach Norden. Und als es Tag ward, hing ich mich dort zum Schlafe auf. Doch ich schlief nicht lange. Ein erstickender Geruch weckte mich auf, der mir den Atem benahm. Nicht weit von mir qualmte die ganze Schlucht. Es krachte in den Bäumen, es zersprang die Rinde, ich floh hinauf nach dem Innern des Waldes. Und zuweilen blickte ich nach der Schlucht. Dicke Wolken lagen darüber. Und als der Abend kam, glühte darin ein feuriges Meer. Du weißt, da liegen die alten Blätter und Nadeln der Bäume in dicker Schicht. Das alles schwelte in Hitze. Und dazwischen standen feurige Riesen. Das ging so fort bis an den Felsenkessel, wo der Waldsee liegt. Dort hörte es auf. Ich aber fürchtete mich und kehrte zurück. Noch schaudere ich, wenn ich daran denke. O Homchen, es ist ein Zeichen der roten Schlange! Du sollst nicht wieder zurück in den Wald.«

Da rief Homchen: »O rote Schlange, ich danke dir! Taguan, mein Freund, ich danke dir für die Nachricht. Ja, es ist ein Zeichen der roten Schlange. Ein Zeichen, dass sie mit mir ist, dass sie uns schützen wird gegen die Echsen. Lebe wohl, ich muss fort! Ich muss nach der Schlucht, solange die Riesen noch feurig sind und der Boden noch glüht. Du führe die Alten nach Süden. Wir aber wollen zurück! Lebe wohl und sorge nicht um Homchen.«

Vergeblich rief der Taguan, Homchen war schnell in den Wald gesprungen. Erst gedachte der Taguan, ihm zu folgen; dann besann er sich, dass er schon zu lange von den Auswandrern, die weiter zogen, entfernt war, und flog weiter.

Homchen aber setzte sich nachdenklich hin, nicht fern von den schlafenden Genossen. Es schloss die Augen, aber es schlief nicht. Wie ein wundersames Zeichen war ihm das Wort des Taguan gekommen. Die rote Schlange sprach mit ihm. Wenn sie sprach, so war's wie ein buntes Schweben und Neigen von Gestalten, wie Baumblätter gegeneinander schwingen im Lufthauch. Blätter der Erinnerung, Blüten der Hoffnung wehten vor dem geschlossenen Auge. Aber in Homchens Seele wuchs ein heller Schein wie das Licht des Tages, das klarer und klarer durch die Zweige glänzte. Und dann wusste es, was die Schlange gesprochen hatte.

Die Flamme der Steppe war in die Schlucht gedrungen, sie hatte die morschen Stämme entzündet. Sie tanzte leise um die dürre Rinde, sie schlief in der glimmenden Kohle. Homchen würde sie wecken. Aber sie durfte nicht wieder fliehen. Homchen musste sie bewahren. Und es verstand jetzt, was einst die Stimme sprach: In der Felsenhöhle wirst du die glühende Kohle hegen und nähren.

Ja, die Flamme ließ sich tragen. An den Hügeln gab es Höhlen, trocken lagen die Steine übereinander getürmt. Man trug die Flamme hinein. Die Genossen mussten lernen, die Nahrung der Flamme im Walde zu suchen, Nahrung für die rote Schlange. Homchen wird sie zur Höhle tragen jeden Tag.

Auf den Hügeln am Waldesrand müssen kluge Kala Wache halten. Wenn die Echsen kommen, so müssen sie schnelle Botschaft bringen zum Walde und zu Homchen. Dann werden sie die Flamme hinaustragen aus der Höhle, dann werden sie die Glut in den Weg der Echsen werfen, aufs Gras der Hügel. Und die Echsen werden fliehen vor dem Zorn der roten Schlange. Das Kleine wird groß, wenn sie zusammen stehen – das Viele zum Einen machen! So muss es gelingen. Die Vielen müssen tun, was für alle ist.

Rote Schlange ich danke dir!

Homchen sprang auf und weckte die Seinen.

Der Weg des Feuers

• •

»Warum führst du uns einen anderen Weg zurück, Homchen, als den wir gekommen sind? Es war doch der nächste?« So fragte Knappo.

»Wir können nicht über die Schlucht.«

»Woher weißt du das? Wir sind doch erst vor drei Tagen hinübergeklettert.«

»Der Taguan hat es mir gesagt, während ihr schliefet. Inzwischen ist das Feuer von der Steppe in die Schlucht gedrungen. Wir müssen bis zum Waldsee, wo sie endet, um sie zu umgehen.«

»Feuer? Was sagst du da? Wenn es in den Wald dringt! Unsere Väter erzählen, dass einst drüben, nahe an den Hügeln, der Wald rot war von Glut, weil die Schlange zürnte, und jetzt…«

»Sorge dich nicht, die Schlange zürnt nicht uns, sondern den Echsen. Das Feuer kann nicht in den Wald dringen.«

»Aber die Kala werden sich fürchten. Sie sind müde. Schon einen halben Tag und nun fast die ganze Nacht sind wir gewandert. Es würde gut sein, wenn wir ruhten.«

»Nicht, bevor es hell geworden ist. Der Morgen kann nicht mehr fern sein, und wir müssen uns beeilen.«

Homchen sprang voran. Knappo schüttelte den Kopf. Andere kamen, die zurückgeblieben waren, und wollten nicht mehr weiter. Auf Knappos Zureden setzten sie die Wanderung fort, aber langsam.

Mit den rüstigsten der Jungen war Homchen schon weit voraus, als es bemerkte, dass der Zug sich aufzulösen drohte. Sollte es hier warten? Jeder Augenblick war ihm kostbar. Wenn das Feuer in der Schlucht inzwischen verlöschte? Wenn ein Regen fiel? Nein, es konnte nicht warten. Es sprang dem Zuge voran. Da endlich ward es heller unter den Bäumen. Eine Wiese lag vor ihm.

Homchen atmete auf, es wusste jetzt, dass die Schlucht und der Waldsee hinter ihm lagen. Die Wiese mündete in den Kessel des Waldsees. Das erste Morgengrauen lag über den Halmen, die im Winde wogten. Feucht schien die Luft. Homchen zitterte, wenn es daran dachte, dass ein Regen seinen ganzen Plan, vielleicht seine Rettung vernichten könne. Auch ihm fehlte der Schlaf. Aber es wusste, dass es nicht ruhen dürfe. Nur einen Augenblick, bis die ersten Genossen sich gesammelt hatten.

»Hier mögt ihr ruhen«, sagte Homchen zu ihnen. »Inzwischen will ich sehen, wie es im Heimatwalde steht. Bald kehre ich zurück. Dann will ich euch sagen, wie wir uns vor den Echsen schützen wollen.«

Homchen sprang die Wiese entlang, nach dem Waldsee zu. Als es um die nächste Waldecke herum war, atmete es auf. Es witterte Brandgeruch, und vor ihm, in der Richtung der Schlucht, lag eine graue Wolke. Vielleicht fand es noch Glut in der Schlucht. Nun kam es an die Stelle, wo die Wiese abbrach. Steile Felsen rahmten einen Kessel ein, darin der Waldsee still und ruhig lag. Es lief oben an den Felsen hin, bis es den Kessel umgangen hatte und an den Rand der Schlucht selbst gelangt war. Aber noch konnte es nichts vom Feuer bemerken, der Boden der Schlucht war hier zu feucht. Weiter und weiter eilte es an der Schlucht hin. Sollte der Brand wirklich zu Ende sein?

Da eine Biegung – da rauchte der Boden – weiter ... Und da, da glommen noch Baumstämme und Äste ... und da drüben, auf der anderen Seite der Schlucht, in dem dunkeln Spalt, da züngelten noch Flämmchen in dem zusammengestürzten Dickicht ... Da drüben hatte sich das Feuer an der Wand der Schlucht weit in die Höhe gezogen.

Gern wäre Homchen hinabgeklettert, aber es nahm sich nicht Zeit dazu. Es hätte doch hier über den heißen Boden nicht fortgekonnt. Daher musste es die Schlucht auf der anderen Seite des Waldsees umgehen.

Und nun zurück!

Es war heller Morgen geworden. Die Genossen schliefen. Mit Freude sah Homchen, dass auch die Alten nachgekommen waren. Es musste ihnen Ruhe gönnen – und sich auch. Ein schweres Tagewerk stand bevor.

Der Himmel schien klar. Ein Weilchen wollte es schlafen.

Nicht weit von der Wiese, aber tief im Schatten des Urwalds, hatten sich Knappo und Mea einen Ruheplatz gesucht.

Als Mea erwachte und aus dem Dunkel des Baumlochs hervorkroch, bemerkte sie an der Beleuchtung des Laubdachs, dass die Sonne schon tief stehen müsse. Sie sah sich in der Umgebung um und lief bis an die Wiese, um Homchen zu suchen. Sie fand es nicht. Sollte es noch nicht zurückgekehrt sein? Aber es fehlten überhaupt so viele von der Sippe. Von den Kala waren meist nur die älteren zu sehen, die schlafend auf den Ästen saßen oder, eben erwacht, sich nach Nüssen umsahen. Keiner wusste etwas von Homchen.

Als sie noch besorgt sich umblickte, kam Puhs herangesprungen.

»Weißt du nicht, wo Homchen ist?« rief ihm Mea entgegen.

»Ich komme eben von ihm«, antwortete Puhs. »Er hat mich zurück geschickt, um euch den Weg zu ihm zu zeigen, wann ihr ausgeruht seid. Um Mittag schon weckte er mich, und wir riefen leise alle die Jungen zusammen, die wir für die stärksten und getreuesten hielten. Homchen führte uns durch den Wald, bis wir an die Hügel gelangten, wo sie nach dem Walde hin abfallen. Dort suchte Homchen lange umher, bis er zwischen den Felsen eine trockene Höhle fand. Ein großer Stein war in einen Spalt gestürzt und bildete ein Dach. Lose Steine lagen ringsum und der Wind zog durch die Höhle. Und nun gebot uns Homchen etwas ganz Seltsames.

Wir mussten uns überall im Gebüsch und im Walde verteilen und trockene Zweige zusammenschleppen, auch trockenes Gras, und zuletzt die schwersten Äste, die wir tragen konnten, mehrere zusammen mussten an den Ästen ziehen. Das war sehr mühsam. Wie sollen wir etwas tragen, was wir nicht in den Mund nehmen können?

Da müsste man auf zwei Beinen laufen können, wie der Iguanodon. Das können wir doch nicht. Man kann die Hände wohl gebrauchen, wenn man sitzt, aber doch nicht, wenn man läuft. Und das alles am Tage und an den Hügeln, wo der Wald so wenig Schatten gibt. Die Genossen murrten und fragten Homchen, was das solle. Da sagte er, das sei ein Zauber gegen die Echsen. Ja, und das habe ich noch vergessen, oben an den Hügeln mussten sich einige im Grase und zwischen den Steinen verbergen und aufpassen, ob sie Echsen sähen. Erst wollte es niemand tun, weil wir am Tage den Wald nicht verlassen dürfen. Aber Homchen wurde sehr böse und sagte, das wäre dummes Zeug. Wir dürfen so gut am Tage hinaus, wie die Echsen, und wir müssten uns immer mehr gewöhnen, am Tage zu wachen und nachts zu schlafen. Da ging ich mit einigen Mutigen hinaus, aber so sehr wir aufpassten, Echsen sahen wir nicht.

Einmal wagte ich mich bis auf einen der Hügel hinauf, weil ich dachte, ich könnte vielleicht bis zum Drachenmoor hinüber sehen. Doch ich sah nichts. Jenseits der Hügel war überall dichter Nebel. Dann kamen die anderen hinauf und wir kehrten zu Homchen zurück.

Da sagte Homchen, wir sollten mit ihm in den Wald gehen, die anderen aber sollten noch andre Höhlen suchen und sie ebenfalls mit trockenem Holze füllen.

»Quih! Quih!« schrien die Genossen, »das wollen wir nicht. Das ist kein Tun, was den Kala geziemt. Wir haben Krallen und Zähne, um sie in lebendige Feinde zu schlagen, aber nicht in trockne Hölzer. Das ist ein Zauber, den wir nicht verstehen.«

»Mit euren Krallen und Zähnen könnt ihr die Echsen nicht besiegen«, rief Homchen. »Ich versprach euch zu schützen, aber wenn ihr nicht gehorcht, kann ich euch nicht beschützen.«

»Und mit dem Holz und Gras willst du die Echsen besiegen?«

»Habe ich euch nicht gesagt, dass ich die Hohlschwänze in der Steppe besiegt habe durch das Feuer? Das Holz brauche ich für das Feuer, das ich holen werde.«

»Wie«, riefen sie alle, »Feuer willst du holen? Das tue ja nicht, das wollen wir nicht Wir wissen ja, dich schützt die rote Schlange, wie hättest du sonst den Hohlschwanz und die Seeschlange besiegen und das Feuer tragen können.

Wir glauben dir, denn der singende Flieger hat es gesagt. Aber wir können das nicht. Wir fürchten uns.«

Da rief Homchen: »So geht zurück zu den Alten und zieht mit ihnen nach Süden und bleibt furchtsame Waldtiere, die sich vor den Echsen verbergen. Ich aber werde tun, was die rote Schlange in mir gesprochen hat.«

Damit lief Homchen erzürnt in den Wald. Und ich sah noch, dass die Genossen nach dem Waldrand sich zurückzogen und dort lagerten. Ich sprang noch einmal hin, um zu ihnen zu reden. Aber sie wollten Homchen nicht gehorchen. Es war ihnen allen unheimlich, was Homchen tat. Und die alten Erzählungen kamen wieder auf, dass es die Schlange getötet – Sie wollten dort warten und ruhen, bis ihr ihnen nach kommen. Nach dem Süden ziehen wollten sie auch nicht.

Darauf kehrte ich wieder zu Homchen zurück und fand es, wie es an einer Stelle im Walde ein Häufchen Reisig zusammenschleppte, und musste ihm helfen, einen stärkeren Ast darauf zu legen. Dann sprangen wir wieder ein Stück fort in den Wald, aber einen ganz anderen Weg, als wir gekommen waren, und machten es ebenso. Und so noch weiter. Und ich fragte Homchen, was das solle? Da sagte es nur: »Das ist der Weg des Feuers. Nun aber brauchst du nicht weiter mitzukommen. Spring hier in dieser Richtung fort, die ich dir weise; da kommst du an den Waldsee und wirst bald die Zurückgebliebenen und meine Eltern finden. Denen sage, sie möchten sich mit den anderen vereinigen und tun, was sie wollen. Wenn sie mich aber brauchen, so werden sie mich an der Höhle finden.« Das war Homchens Rede. Und so bin ich denn hier und richte meine Botschaft aus.«

So sprach Puhs.

Inzwischen hatte sich die Nachricht verbreitet, dass ein Bote von Homchen da sei, die Schläfer waren erwacht, und alle die Waldtiere hatten sich um Puhs und Mea versammelt. Auch Knappo war gekommen.

»Quih, quih!« rief Mea. »Was hat man für Sorge mit den Jungen! Erst kehren sie um, weil sie auf Homchen vertrauen, und nun wollen sie ihm wieder nicht gehorchen. Was soll denn nun geschehen?«

»Homchen hat aber auch nicht recht«, sagte Knappo. »Holz schleppen, noch dazu am Tage, das tun die Ameisen; für Beutler schickt sich das nicht. Das können wir auch nicht. Wenn er keinen anderen Zauber wusste als Arbeit, so musste er uns nicht zureden. Ich war auch überhaupt dagegen, dass wir umkehrten.«

»Warum bist du denn da nicht mit dem Graukopf gezogen?« fragte Mea.

»Ich konnte den Jungen doch nicht allein lassen.«

»Nun, und sollen wir ihm denn jetzt folgen?« fragte einer.

»Natürlich müssen wir zu den anderen am Waldrand zieh'n«, erwiderte Knappo. »Dort können wir erst beraten, was geschehen soll.«

In tiefster Finsternis lag der Urwald.

Nur die großen Augen der Nachttiere vermochten hier noch Strahlen aufzunehmen, die für die Tagbewohner unsichtbar waren. Sicher liefen die behänden Beutler auf den Ästen entlang, dann ein elastischer Sprung auf den Nachbarbaum, und so weiter und weiter eilig durch die Lüfte…

Weich und lautlos sind Sprung und Schritt – nur hin und wieder ein leises Rauschen gestreifter Zweige, ein Niederfallen einer Frucht – sonst Schweigen, tiefes Schweigen des Waldes ...

So war die Wanderung schon lange durch den Wald gegangen. Da hielt Puhs an. Der Zug stockte und schloss sich zusammen.

»Was gibt es?« fragte Knappo.

»Wir müssen bald am Ziele sein. Vielleicht, dass wir ein wenig nach links abgewichen sind. Aber ich weiß nicht, es gefällt mir etwas nicht in der Luft, spürt ihr nichts?«

»Ja, ja, ich spüre etwas.«

»Ich auch, ich auch«, so rief es in der Schar.

»Was mag das sein?«

»Ich weiß es nicht«, sagte Knappo. »Aber es ist unheimlich.«

»Mut, Mut! Es hilft nichts, wir müssen vorwärts. Gleich werden wir am Waldrand sein.«

Die Tiere sprangen weiter von Ast zu Ast.

Plötzlich ein Schreckensruf: »Quih-quih.«

Alles stockte.

»Da, da vorn, seht ihr nicht?«

»Es ist etwas Helles, unten am Boden. Es bewegt sich.«

»Es ist der Mondschein, der auf dem Bache hüpft.«

»Nein, nein, es ist ganz anders. Der Mond ist noch nicht aufgegangen.«

»Weiter, weiter!«

»Es bleibt an seiner Stelle. Wir sind vorüber.«

»Quih, quih! Da vorn ist es noch einmal. Hinten und vorn! Lasset uns fliehen!«

»Nicht doch, nicht doch!« rief Puhs. »Ich erkenne jetzt die Stelle. Dort auf dem Steinblock, nahe der großen Eiche, dort habe ich mit Homchen das Reisig aufgehäuft. Das ist der Weg des Feuers!«

»Des Feuers! Quih! Purruh! Fort, fort, fort! Die rote Schlange möge uns schützen.«

Die Tiere stürmten von dannen. Sie beschrieben einen weiten Bogen. Dann stutzten sie aufs neue erschreckt. Vor sich sahen sie wieder das Helle. Doch diesmal blieb es nicht an einer Stelle. Es bewegte sich vorwärts, nicht gerade auf sie zu, aber nicht weit von ihnen, in der Richtung ihres Weges.

Zitternd drängten sie sich zusammen. Alle Blicke hafteten auf dem nie Gesehenen. Sie möchten fliehen. Und doch fesselt sie eine übermächtige Gewalt an das Schauspiel.

Mühsam bewegt sich ein Tier am Boden zwischen den feuchten Moosen, nur wo größere Steine und Wurzeln hervorragen, springt es geschickt und eilig. Aber dicht vor ihm oder über ihm ist das Unbegreifliche. Leuchtend rot und gelb, flackernd und qualmend schreitet die Flamme. Das Tier trägt einen Ast im Maule, dessen eines Ende brennt – hin und wieder stieben die Funken… Sie ahnen wohl, dass es Homchen ist. Und doch wagen sie es kaum zu denken. Es ist zu ungeheuerlich.

Lautlos, geängstet, und doch unfähig, davon zu lassen, folgen die Waldtiere dem Fackelträger. Und nun auf einmal steht das Tier still – der Ast ist ganz kurz geworden, das Tier lässt ihn fallen – es qualmt am Boden, es prasselt – und nun aus dem Rauche hell und hoch lodert eine neue Flamme. Deutlich sieht man jetzt das Tier.

»Homchen!« ruft Mea.

»Still, still!« flüstert Knappo. »Störe nicht den Zauber! Wenn du die rote Schlange erzürntest.«

»Es ist der Weg des Feuers«, sagt Puhs.

»Kommt, kommt! Lasst uns fliehen«, rufen andere.

»Nein! Nein!«

Homchen hatte nichts gehört, es blickte in die prasselnde Flamme. Sein Herz schlug, Angst und Freude durchstürmten es. Würde der Ast, der mit dem einen Ende in der Flamme lag, Feuer fangen? Würde er bis zur Höhle reichen? Es war die letzte Station – jetzt musste es sich entscheiden, ob es das Feuer bergen kann …

Und nun hebt es den Ast mit den Zähnen. Es ist noch nicht richtig, es muss ihn anders fassen – so – und nun vorwärts.

Der Wald wird lichter, der Lauf geht schneller. Wie gebannt, willenlos folgen die Tiere. Bis zum Waldrand.

Da steigen die Hügel auf.

Die Tiere getrauen sich nicht, von den Ästen auf den Boden hinab zu springen. Sie hocken zitternd auf den Bäumen und blicken Homchen nach. Sie merken es kaum, dass andere Tiere am Waldrand herangekommen sind. Es sind die Gefährten, die mit Homchen ausgezogen waren. Auch sie haben das Licht gesehen, das sie mit magischer Gewalt anzieht und doch in scheuer Ferne hält. Da hocken sie alle zusammen, die Waldtiere, pochenden Herzens. Sie ahnen, dass etwas Großes geschieht, aber es ist zu groß für sie – sie verstehen es nicht.

Matter und matter erscheint die Flamme. Homchen ist an der Höhle angelangt – nur schwach noch glimmt der Ast – da fliegt er ins trockne Gras … Da weht der Wind …

Eine Weile sitzt Homchen und starrt und starrt auf das schwache Fünkchen und zittert um das Gelingen des Werks und um die Waffe gegen die Echsen.

»Rote Schlange, rote Schlange, o hilf!«

Und das Glimmen breitet sich aus, und nun ein kleines Flämmchen, und noch eins, und auf einmal eine helle Lohe, und wie auf einen Schlag prasselt das Reisig und Glut flammt empor. Geborgen ist das Feuer.

Homchen stürzt erschöpft zusammen.

Vor dem Feuer kauert es, vor seinem Feuer. Noch starrt's in die Glut mit offenen großen Augen. Die Flamme summt und saust, und die Augen fallen zu... Und Homchen schläft an seinem Herde. Die Tiere aber sind zusammengeschreckt bei dem Prasseln und der Helle – die Furcht übermannt sie, und eilend flüchten sie in den Wald. Sie sehen nicht mehr das Gewaltige. Da löst sich ihnen die Stimme. Hin und her fliegt die Rede.

Was ist es, was ist es, das Homchen getan hat?

Nein, nein, nie wieder zur Höhle! Nie wieder das Holz zusammen suchen! Fort, fort! Aber wohin?

So streiten sie und beraten, und die Wipfel der Bäume färben sich im Frührot.

Das große Weltenfeuer flammt auf im Osten. Aber die Tiere der Nacht suchen nach dunklen Höhlungen.

Puhs blickt in ein Baumloch, um einen Ruheplatz zu finden. Da funkeln ihm zwei Äuglein entgegen. Ein kleines Tier springt hervor. Es wollte dem Eindringling an die Kehle, aber sobald es den starken Kala erkannt, zieht es sich zurück.

»Was willst du hier?« ruft Puhs. »Du bist doch weiter unten im Heimatwald geblieben, Tafa?«

»Ja, weil ich gebannt war.«

»Und nun wolltest du uns nachkommen?«

»Ja, ich wollte sehen, ob ich nicht ein anderes Unterkommen finde. Aber was macht ihr hier?«

»Wir wollen zurückkehren nach unserem Walde.«

»Das könnt ihr nicht! Das könnt ihr nicht!« grinste der Tafa boshaft.

»Warum nicht?«

»Aus demselben Grunde, weshalb ich geflohen bin.«

»Was ist?«

»Der Iguanodon ist mitten im Wald. Er bricht hindurch. Er will zum Drachenmoor, um die Echsen zu holen.«

»Ist's wahr? Ist's wirklich wahr? Hört, ihr Kala, was der Tafa erzählt.«

»Es ist wirklich wahr. Diesmal ist er nicht wieder umgekehrt. Ich habe ihn gesehen. Ich habe gehört, wie er mit sich selbst sprach. Da bin ich entflohen.«

»Was sollen wir tun?« rief Mea. »Lasst uns zu Homchen ziehen.«

»Nein, nein«, schrieen andre. »Wir wollen nicht wieder tun, was Homchen verlangt. Wir fürchten uns vor der Flamme.«

»Wir wollen umkehren, wir wollen wieder nach Süden«, riefen andere.

»Hier seid ihr noch sicher. So schnell kommen die Echsen nicht hierher«, sagte der Tafa.

»So lasst uns erst schlafen!« gebot Knappo. »Am Abend wollen wir Beratung halten.«

Die Tiere zogen sich in ihre Ruheplätze zurück.

Der Drachen Not

Immer ungemütlicher war es im Drachenmoor geworden. Das Wasser wurde kälter und die Bäume wurden kahler. Es war ja stets einmal eine schlimme Zeit im Jahre gekommen, aber so früh und so stark hatten die Echsen doch noch nie Not zu leiden gehabt.

Die Zierschnäbel warteten noch immer angeblich auf ihre Führer. Aber es gefiel ihnen gar nicht recht im Drachenmoor. Hohlschwanz-Eier gab es nicht mehr, denn die

Hohlschwänze hatten die Gegend verlassen. Zwar, wenn es die Zierschnäbel verlangten, brachten die Echsen noch oft dies oder das, was sie an guten Bissen fanden, denn sie meinten, die rote Schlange würde es ihnen bald durch Wärme vergelten, was sie an den Zierschnäbeln taten. So hatten diese verkündet. Und jeden Mittag traten alle Zierschnäbel auf einer Wiese zusammen und murmelten lange Reden. Den Echsen sagten sie, sie sprächen mit der roten Schlange, dass sie ihnen gnädig sei, und die Echsen glaubten es immer und vertrösteten sich von einem Tage zum anderen. Die Zierschnäbel jedoch kamen zu dem Ratschluss, dass es jetzt keinen Zweck mehr hätte, auf ihre Kameraden zu warten. Wenn die Echsen selbst nichts mehr hatten, konnten sie den Zierschnäbeln nichts bringen. Und keinesfalls wäre Grappignapp so lange ausgeblieben, wenn ihm nicht ein unüberwindliches Hindernis entgegengetreten wäre. Sie mussten also jetzt aus eigenem Entschluss handeln.

Von der Botschaft an den Iguanodon und dem Feldzuge gegen die Säuger war schon gar nicht mehr die Rede. Denn die Zierschnäbel hatten Grund, nicht daran zu erinnern, und die Echsen dachten von selbst nicht lange an eine Sache.

Sie hatten auch genug mit sich selbst zu tun. Die kleineren Echsen wussten kaum noch, wie sie sich vor den Raubechsen verbergen sollten; denn je mehr die hungerten, um so weniger kümmerten sie sich um die Anwesenheit der Zierschnäbel. So zerstreuten sich die pflanzenfressenden Echsen immer weiter vom Moore weg nach der Steppe hinein. Aber auch die Raubechsen untereinander wüteten gewaltig. Und neue, ungewohnte Gäste drangen vom Moore heran. Weit draußen hatte man sie sonst nur gesehen umherschwimmen und Fische fressen. Aber nun krochen sie mit ihren Ruderfüßen ins Moor und bis aufs Land. Und wo die Zierschnäbel nicht in der Nähe waren, gab es Kampf und Mord mehr als je. Die Großechse aber trug den Kopf hoch und schlich herum mit aufgesperrtem Rachen, und selbst die großen Drachen des Meeres fielen ihr zur Beute.

Und eines Tages waren die Zierschnäbel verschwunden. Es wurde ein Tag wilder Gier, ein Tag der Flucht und Verfolgung, des Versteckens und Suchens, des Beissens und Zerreißens, bis die Dämmerung und die Kälte des Abends die Wut der Drachen bezwang.

Und wieder stieg die Nacht klar mit ihrem Sternenschimmer herauf. Da kommt über das Meer ein seltsames Rauschen. Es ist nicht der Wind, der weht sogar von der Steppe herüber. Es ist auch nicht die Flut, wie sie gewöhnlich kommt. Die bricht sich schon weit draußen an den Strandinseln und hier oben im Drachenmoor merkt man nichts mehr davon. Und doch ist's eine Flut. Nur eine Flut, wie sie seit Echsengedenken nicht da war. Von weit, weit her läuft sie über den Ozean, von Ländern und Meeren, wo die Erde gebebt und Berg und Wasser erschüttert waren im tiefsten Grunde...

Das Wasser steigt im Drachenmoor und überflutet die flachen Landzungen und Inseln, und die Echsen schütteln sich in ihren Lagerstätten. Kalt ist das Wasser, ungewöhnlich kalt. Sie können nicht liegen bleiben, und doch wagen sie kaum aufzustehen, denn die Sterne leuchten über ihnen. Die Bronto und die eigentlichen Wasserechsen fühlen nur unangenehm die Kälte. Aber die Landechsen müssen sich endlich doch aufraffen. Furchtsam suchen sie einen Weg in der Dunkelheit nach der Richtung des höheren Landes hin.

Keine denkt an Raub, keine wagt sich umzublicken, denn der Strahl der bösen Nachtgeister könnte in ihr Auge fallen. So klappert und knarrt und rasselt und zischt es durch das Drachenmoor. Je weiter sie fliehen nach der Steppe zu, um so mehr drängen sich die Massen der Tiere zusammen. Denn von allen Seiten treibt sie das steigende Wasser vorwärts. Und viele, die nicht schnell genug vorwärts können, werden zertreten. Die schnelleren sind schon oben im Gras der trockenen Steppe und fühlen sich geborgen.

Doch plötzlich, was stutzen sie? Sind die Nachtgeister auf die Steppe hinabgestiegen? Kommen sie den Echsen entgegengezogen, um sie zu strafen? Es leuchtet da hinten in der Ferne, und dunkelrote Wolken wälzen sich darüber. Ein heißer Wind weht den Echsen entgegen. Und näher und näher fliegt's, ein prasselndes, glühendes Ungetüm. In der ganzen Breite, soweit man sehen kann, saust es, leuchtet, brennt es – die Steppe ist in Feuer getaucht.

Rückwärts wälzen sich die Massen der Tiere, wieder ins Wasser hinein. Rückwärts drängen sie die Folgenden. Und die eben froh waren, das Trockene erreicht zu haben, sind nun zufrieden, dass das Wasser wieder um ihre Füße rieselt. Denn schon hat die Flamme diejenigen erreicht, die zu weit in die Steppe vorgedrungen waren. Gebrüll und Geheul schallt herüber zum Moor, bis es im Rauch der brennenden Steppe erstickt – erstickt, wie die Tausende, die schon früher in die Steppe gezogen waren.

In zitternder Angst staut sich die Masse der Tiere. Der riesige Atlanto stampft über sie hin und tritt sie in den Grund, dass er trocken über dem Boden steht. So am ganzen Strande des Moors zusammengepfercht heulen und rasen die Echsen, während der Steppenbrand an der heranrieselnden Meeresflut verzischt.

Doch in das Gezisch und den Qualm der ringenden Elemente tönt ein neues, furchtbares Rauschen. Die Fluten, die über den Strand spülten und die Echsen aus ihren Schlummerstätten trieben, waren nur ein Vorspiel. Jetzt stieg vom Meere her eine dunkle Wand empor. Pfeilschnell flog sie heran, alles unter sich begrabend, eine Mauer von Wasser. Die Hauptwelle kam.

Es war nicht bloß Wasser. Zuckende Gliedmaßen, ragende Riesenleiber, um sich schlagende Drachenschweife, das Heer der meerwärts geflohenen Wasserechsen hatte die Welle überwältigt und spülte sie zurück ans Land. Und die widerstandslose Masse warf sie auf die Flüchtlinge des Landes, und unaufhaltsam, unwiderstehlich vorwärtsschreitend, die lebendige Mauer der Tiere überflutend, stürzte sie hinein weit in die noch glimmende Steppe, die Herrschaft des Meeres erweiternd, bis die Höhe der Hügel ihr Halt gebot.

Qualmend verdampfte das Wasser. Eine unermessliche Wolke lag über der Grabstätte des Echsengeschlechts.

Als die Sonne dunkelrot über die dampfende Erde emporstieg, war das Drachenmoor verschwunden. Ein kaltes Meer flutete über der Stätte.

Dennoch waren nicht alle Bewohner des Moors verloren. Eine Anzahl Echsen hatte ihre Flucht zufällig gleich im Anfang, als das Wasser stieg, nach den steilen Hügeln hingerichtet, die im Osten das Drachenmoor vom Walde trennten. Das waren die Hügel, wo Homchen zuerst sehnsüchtig nach dem roten Stern geblickt, wo es den Taguan getroffen und mit ihm den Igel besucht hatte. Das waren die Hügel, die es sich jetzt als Beobachtungsposten gegen das Heer der Echsen dachte.

Aber nicht zur Freude sahen die Echsen nach der Schreckensnacht die Sonne aufgehen. Denn als sie in den ersten Strahlen des Tages sich aufmachten, um Beute zu suchen oder Futter zu finden, da erblickten sie am Waldrand über die Bäume ragen das fürchterliche Haupt der Großechse. Den Rachen mit den Sichelzähnen aufreißend stürzte das erbarmungslose Raubtier auf die Flüchtlinge ...

Und als die Sonne noch einige Male aufgegangen war, da waren auch auf den Hügeln die größeren Echsen verschwunden. Was sich nicht in den engsten Schlupfwinkeln verbergen konnte, hatte der gefräßige Drache ausgerottet.

Riesig und einsam wandelte die Großechse hochmütig über die mit Felstrümmern bestreute Halde der Hügel.

Die Grossechse

• •

Es war am späten Nachmittage. Vor einem Stein, unter den Grase verborgen, lag eine borstige Kugel. Der Igel hatte eine Bewegung in der Nähe wahrgenommen und sich zusammengerollt. Da hörte er eine feine Stimme:

»Igel, Igel, Igel! Wo bist du? Homchen sucht dich.«

Vorsichtig legte der Igel seine Stacheln zurück und streckte sein spitzes Schnäuzchen heraus.

»Igel, Igel, Igel! Hier in der Nähe muss deine Wohnung sein, aber ich kann dich nicht finden.«

»Ist es möglich! Bist du es wirklich, Homchen? So komm nur herein zu mir, hier bin ich. Wo kommst du her?«

»Von weit, weit! Aber jetzt komm' ich vom Waldrand, wo die Kala schlafen. Von dir aber möcht' ich wissen, was die Drachen im Moore tun.«

»Die tun gar nichts. Die sind alle umgekommen im Feuer und im Wasser.«

»Wie? Was sagst du ... alle umgekommen?«

»Ja, nur leider die Großechse nicht. Die kommt eben heranspaziert.«

»Das musst du mir ausführlich erzählen.«

»Natürlich. Tritt nur erst hier in meine Tür. Wir wollen abwarten, bis die Großechse vorüber ist. Sie macht jetzt ihren Abendspaziergang, denn sobald es dunkel wird, wagt sie sich nicht mehr umzublicken. Du kannst dir sie hier in aller Ruhe ansehen, hier unten merkt sie uns nicht. So – jetzt ist sie vorbei. Siehst du, die Großechse und ich sind jetzt die beiden einzigen Bewohner der Hügel. Mich soll sie nicht im Winterschlaf stören, aber sie wird frieren. Und nun wollen wir ... Doch ... Hörst du nichts?«

»Ja, ja – es kommt etwas Großes, Gewichtiges ...«

Schwere Tritte ertönten und näherten sich allmählich. Vorsichtig spähte Homchen, auf dessen scharfe Augen der Igel sich verließ.

Ein riesiges Tier, das, aufgerichtet, der Großechse an Höhe wenig nachgab, wandelte langsam über die Halde.

Es war der Iguanodon.

Manchmal hielt er still und schalt nach seiner Weise im Selbstgespräch.

»Unverschämte Gegend! Freche Steine im Grase, drücken mich an meine Zehen. Gibt's denn hier keine weiche Wiese? Muss doch nun bald am Drachenmoor sein. Die Sonne steht schon tief, ich habe nicht mehr viel Zeit.«

Jetzt erblickte er in der Ferne die Großechse.

»Krecks, Krecks!« rief er. »Echse da vorn ... halt an, sag an, wo ist das Moor?«

Auf den Ruf drehte die Großechse sich um. Sie war wütend, dass es jemand wagte, sie anzurufen, dabei voll froher Gier, dass sich doch in dieser verlassenen Gegend noch eine Beute darböte. Sogleich eilte sie mit ihren schnellen, geräuschlosen Raubtierschritten zurück.

Inzwischen hatte der Iguanodon sich niedergelegt. Denn da er gerufen hatte, so war die Sache seiner Ansicht nach erledigt, und von seinem langen Wege taten ihm die an den weicheren Boden der Wiese gewöhnten Füße weh. So konnte die Großechse nicht so bald erkennen, wen sie vor sich habe, und gedachte, sich sogleich auf die freche Echse zu stürzen.

Bald aber bemerkte der Iguanodon, dass es die Großechse selbst war, die er gerufen hatte; er richtete sich auf und blickte ihr mit voller Spannung entgegen.

Die Großechse stutzte. Sie erkannte den Iguanodon. Ihre Adern schwollen, ihre Sehnen spannten sich, sie duckte sich zum Sprunge und ihr Schweif schlug mit furchtbarer Gewalt den Boden.

Das war der Iguanodon, der zum unfehlbaren Herrn der Echsen gewählt war, den man gewagt hatte, ihr, der Großechse vorzuziehen. Aber die Echsen waren fort, die Zierschnäbel waren fort, jetzt wird sie zeigen, dass der Iguanodon nichts zu sagen hat, jetzt wird sie ihn vernichten.

Und doch sprang sie noch nicht gegen den Feind an. Er saß so ruhig und sicher, hoch aufgerichtet da, mit scharfen Augen sie beobachtend. Er floh nicht und er zitterte nicht vor Furcht, wie die anderen Tiere, wenn die Großechse nahte. Und von den vorgestreckten Armen ragten die Daumen wie zwei scharfe Spieße der Großechse entgegen. Mit dem Iguanodon hatte sie noch nie gekämpft: ehe sie wusste, wo sie ihn zu packen hatte, sprach der Iguanodon:

»Es freut mich, dich zu sehen, mächtige Großechse! Denn ich kam, dich und die Deinen im Drachenmoor zu suchen, von denen die Zierschnäbel mir Nachricht brachten.«

Die Großechse gab ihre Angriffsstellung auf. In der Art, wie der Iguanodon sprach, lag etwas, wie in der Stimme Grappignapps. Die Macht der Nachtgeister und der Zorn der roten Schlange traten wie schreckende Erinnerungen neben die Wut und Gier des Raubtiers, und die Großechse musste weiter hören, was der Iguanodon ihr sagte.

»Warum kamt ihr nicht, wie ich befohlen hatte, den Wald zu brechen und die Säuger herauszutreiben? Wo ist der Atlanto? Wo ist das Moor? Führe mich zu den Echsen. Doch nein, warum soll ich mich länger bemühen? Hole sie hierher. Ich will sie sprechen.«

»Der Atlanto? Die Echsen? Das Moor? Soll es vielleicht auch hierherkommen?« schrie die Großechse. »Suche sie dir selbst! Sie sind nicht mehr da. Das Meer hat sie verschlungen, die rote Schlange hat sie vertilgt. Und du weißt es nicht? Haha! Iguanodon, du willst dich rühmen, im Namen der roten Schlange zu reden, und weißt nicht einmal ...«

»Schweig!« rief der Iguanodon. »Ich bin kein Freund von langen Reden. Vertilgt sind die Echsen? Ich dachte es mir, warum haben sie meiner Botschaft nicht gehorcht ...«

»Es ist gar keine Botschaft von dir gekommen ...«

»Ich sandte doch die Zierschnäbel ...«

»Sie kamen nicht wieder. Siehst du, dass du nichts weißt?«

»So muss ihnen Unheil widerfahren sein. Gleichviel. Ich brauche die Echsen nicht mehr. Die Säuger sind vor meiner Stimme geflohen. Der Wald ist verlassen, er braucht nicht mehr gebrochen zu werden.«

»Was willst du dann hier in meinem Gebiet? Hier bin ich der einzige Herr, ich wünsche dich nicht hier zu sehen. Gehe wieder auf deine Wiese an den Fluss und trinke dein süßes Wasser, weiser Iguanodon!«

»Meine Wiese kann ich nicht mehr bewohnen. Das Meer drang herein, die Wiese ist verschlämmt und versalzen. Darum brach ich durch den Wald. Ich werde mir hier einen Platz suchen, dort drüben am Waldrand, wo der Bach von den Hügeln herniederströmt. Die Wiese ist zwar nur schmal. Aber ich sah Kräuter, wie ich sie liebe. Dort werde ich mich hinsetzen.«

»Das wirst du nicht«, schrie die Großechse wütend. »Ich verbiete es.«

»Du mir verbieten? Mir, aus dem die rote Schlange spricht? Ich bin das klügste Wesen, ich bin mein Ideal. Ich werde die Tiere sammeln, die es hier gibt, und werde sie glücklich machen. Ich werde sie lehren, vom Grase der Wiese zu essen. Und wenn keine Säuger hier sind, und wenn die Echsen vertilgt sind, so will ich dich lehren, glücklich zu sein. Du sollst auf der Wiese am Bache leben und sollst kein Fleisch mehr genießen, damit kein Tier das andre störe. So habe ich's beschlossen und verkündet, und so muss es geschehen.«

Die Großechse stieß ein Hohngebrüll aus.

»Ich Gras fressen? Ich die Tiere nicht töten? Lächerlicher Großschnabel! Ich werde noch Tiere finden, und wenn ich keine anderen finde, so werde ich dich fressen …«

»Wahnsinniger Drache! Mich, aus dem die rote …«

Der Iguanodon konnte nicht aussprechen. Mit einem furchtbaren Satze sprang die Großechse auf ihn zu, um die Krallen in seinen Körper zu schlagen und mit den langen Sichelzähnen ihm den Hals zu durchbeißen.

Aber so schnell die Großechse war, der Iguanodon bemerkte den Angriff. Sein Körper, auf die mächtigen Schenkel und den gewaltigen Schweif gestützt, wurzelte felsenfest, aber den schlanken Hals warf er blitzschnell zur Seite, sich weit hinwegbeugend, und der Drache schoss an ihm vorüber mit Kopf und Vorderkrallen, während sein Leib gegen den Körper des Iguanodon anprallte. Durch den Stoß zur Seite geworfen, lag die Großechse einen Augenblick am Boden, und sogleich wandte sich der Iguanodon mit seinem Oberkörper und umfasste den Hals der Großechse mit seinen Armen. So hielt er sie von hinten umklammert, und nur so war es ihm möglich, sich der tödlichen Bisse des Raubtiers zu erwehren. Die Großechse suchte sich vom Boden aufzuschnellen. Der Iguanodon wandte alle seine Kraft auf, ihren Hals zusammenzudrücken und seine Stacheldaumen durch ihren Knochenpanzer zu bohren. Die Lage der Großechse ermöglichte ihr nicht, ihre volle Stärke zu entfalten, dennoch merkte der Iguanodon, dass er sie nicht mehr lange werde niederhalten können, wenn es ihm nicht gelänge, ihren Hals zu durchstoßen oder zu zerdrücken. Während er seinen Feind so umklammerte, führte dieser furchtbare Schläge mit seinem Schweife nach ihm, die der Iguanodon erwiderte. Und beide Gegner zerwühlten, sich im Kreise drehend, ringsum den Boden. Weithin hallten die Hügel vom Krachen der Schweifschläge. Aber der Iguanodon war im Nachteile, weil ihn sein schwacher Schuppenpanzer weniger schützte als die Großechse ihre Knochenschilde, und seine Hoffnung bestand nur noch darin, den Gegner ersticken zu können.

Jetzt traf ein schmetternder Schlag des Drachenschwanzes den Iguanodon und lähmte seine Kraft, er ließ den Hals der Großechse auf einen Augenblick fahren. Sie schnellte sich vom Boden auf, aber sie vermochte nicht, sich sogleich auf den Iguanodon zu stürzen, sie musste erst Atem schöpfen. So zog sie sich ein Stück zurück, um sich dann im gewohnten Ansprung auf den Gegner zu werfen.

Auch der Iguanodon richtete sich auf und streckte seine Arme zur Abwehr vor. Aber er fühlte, dass er dem neuen Ansturm nicht mehr gewachsen sein würde.

So lauerten die beiden Riesentiere vor einander.

In höchster Spannung hatte Homchen dem Streite gelauscht und dem furchtbaren Kampfe zugeschaut. Jetzt sprang es auf einen höheren Stein und blickte sich nach dem Himmel um. Die Sonne war im Nebel gesunken, aber oben war es klar.

»Wo willst du hin, Homchen!« rief der Igel ängstlich. »Die Großechse wird dich sehen! Warum bleibst du nicht hier?«

»Ich muss jetzt fort. Aber ich komme wieder. Später wollen wir in Ruhe alles erzählen.«

»Bleibe doch hier. Was willst du tun?«

»Ich will die Großechse töten.«

»Homchen, bist du von Sinnen?«

»Warte ab.«

Die Großechse rührte sich jetzt. Sie machte sich zum Sprunge bereit und erhob ihren Hals.

Da rief der Iguanodon: »Die frierenden Geister den Nacht werden dich töten.«

Die Großechse zuckte zusammen. Sie bemerkte jetzt, dass die Dämmerung hereinbrach. Und sie schrie:

»Glaube nicht, dass du mir entgehen kannst. Wenn du entfliehst, so hole ich dich morgen ein und fresse dich.«

»Wenn du mich angreifst, werde ich wieder mit dir kämpfen«, sagte der Iguanodon. »Sonst aber habe ich keine Lust, mich mit dir abzugeben. Ich werde tun, was ich will, denn das ist weise.«

Mit diesen Worten schritt der Iguanodon so gravitätisch, als es seine Wunden ihm erlaubten, dem Waldrande zu. Die Großechse aber wagte nicht mehr das Haupt zu erheben, sondern blieb auf dem Kampffelde liegen und schlug nur von Zeit zu Zeit wütend mit dem Schweife, bis der Schauer der Nacht und die Ermattung sie ihr Haupt in das Gras wühlen ließ. Da entschlief sie.

Homchen aber umschlich, ohne auf die Warnungen des Igels zu hören, den schlafenden Drachen und betrachtete sorgfältig die Umgebung. Dann ging es noch einmal zum Igel und sprach:

»In dieser Nacht habe ich noch viel zu tun, damit ich die Großechse töte. Willst du mir helfen?«

»Nein«, sagte der Igel, »das kannst du nicht verlangen. Was könnte ich gegen den Drachen?«

»Aber eins kannst du tun. Gib acht, woher der Wind weht, und wenn Tiere von dem Walde sich her verlieren, so sag' ihnen, sie sollen gegen den Wind laufen.«

»Das will ich wohl tun«, sagte der Igel.

Homchen aber lief noch oft hin und her zwischen Waldrand und Hügel und baute geheimen Zauber um die schlafende Großechse.

Die Waldtiere berieten in der Nacht. Hin und her gingen die Meinungen. Nur darüber waren alle einig – wenn die Sicherheit vor den Echsen nur durch Homchens Maßnahmen zu erreichen sei, so könne man doch nicht bleiben. Denn Holz suchen und Wache stehen und zagen vor dem unheimlichen Wunder des Feuers, das sei nichts für die Waldtiere. Dass Homchen den Hohlschwanz besiegte, war eine Tat des Muts, das verstanden die Tiere, darum wollten sie Homchen vertrauen. Aber was Homchen auf seiner Reise getan, was es jetzt verlangte, das waren Zauberdinge. Darin konnte ja niemand Homchen nacheifern. Danach konnten sie sich nicht richten. Das war so ganz anders, so fremd, so ungewiss... Das war nicht der Tiere Art...

Mitten in die Versammlung kamen plötzlich Mea und Puhs gestürzt. Sie hatten sich entfernt, um Homchen zu suchen. Aber sie waren nicht weit gekommen, da hatte sie das Geräusch schwerer Tritte zurückgeschreckt. Was es war, wussten sie nicht. Aber aufgescheucht von den Tritten war eine kleine Flugeidechse aus ihrem Versteck aufgeflogen, und die hatten sie überrascht und gefangen. »Fresst mich nicht, fresst mich nicht«, rief das kleine Tier. »Ich will euch Gutes sagen. Wir Kleinen haben euch nie Böses getan, und nun wird euch nie wieder eine Echse Böses tun. Ich will euch alles erzählen!«

Und nun hörten die Beutler, was geschehen war am Drachenmoor. Die Echsen vernichtet, alle vernichtet! Nur die Großechse allein lebte noch.

Jubel scholl in der Versammlung, dass es durch den nächtlichen Wald hallte. Was schadete das jetzt? Es gab keine Echsen mehr. Nun brauchte man sich um Homchen nicht zu kümmern. Nun konnte man im alten Heimatwalde bleiben.

»Aber die Großechse?«

»Die Großechse allein kann uns nicht schaden, sie kann nicht den ganzen Wald vernichten, es bleibt Raum genug für uns.«

»Und der Iguanodon?«

»Der tut uns nichts, wenn wir uns nur nicht vor ihm sehen lassen. Wir ziehen in den Wald am Flusse, dort ist er jetzt nicht mehr, dort können wir ruhig leben.«

»Aber ob es auch alles wahr ist, was die Flugechse erzählt?«

»Ja, ob es wahr ist?«

»Das müssen wir sehen!« rief Knappo. »Lasst uns alle nach den Hügeln hinausziehen und nach dem Drachenmoor schauen. Jetzt in der Nacht können wir es wagen, wir haben dann Zeit zu fliehen, wenn wirklich die Echsen dort sind. Denn jetzt schlafen sie.«

Der Zug setzte sich in Bewegung. Vorsichtig klommen die Nachttiere über die Hügel – nirgends traf man Echsen – bis sie auf der anderen Seite hinüber nach dem Drachenmoor schauen konnten. Der Mond war aufgegangen, aber Nebel wogten hin und her. Doch sahen die Tiere wohl, dass das Wasser viel näher an den Hügeln war als sonst. Und so ermutigt stiegen sie hinab. Da war keine Wiese mehr mit Weidenstämmen, da war kein Sumpf, da war keine Echse. In regelmäßigen Atemzügen schlummerte das Meer … Die Wogen schlugen plätschernd an die Hügel …

Fast übermütig stürmten sie wieder die Hügel hinauf, um in den Wald zu gelangen, ehe das erste Dämmerlicht sich zeigte. Da erblickten die Vordersten im Schimmer des Mondes eine dunkle Masse. Sie stutzten, die Tiere sammelten sich.

»Wenn es die Großechse wäre?« sagte eines leise.

»Hi! Hi! Ihr Waldtiere! Es ist die Großechse!« sagte eine feine Stimme. »Geht nicht zu nahe heran! Geht hier herum, gegen den Wind!«

»Ach, der Igel! Aber warum hier herum? Dann wird sie uns wittern.«

»Das schadet nichts. Sie wird jetzt nicht jagen.«

»Fürchtest du dich nicht?«

»Ich krieche in meinen Bau.«

Kommt, kommt! Lasst uns schnell in den Wald hinüber.«

»Halt, halt! Da ist etwas … Ein Helles!«

»Das ist Homchen! Das ist wieder der Weg des Feuers!«

»Fort! Fort!«

Die Tiere stürmten nach dem Walde zu. Aber bald blickten sie dennoch neugierig zurück. Der Anblick des Feuers ließ sie nicht los. Und drüben ragte noch die riesige Gestalt des schlafenden Drachen. Und Homchen lief gerade darauf los.

»Quih, Quih! Homchen, Homchen!« rief Mea verzweifelnd. »Du wirst die Großechse wecken! Sie wird dich zermalmen!« Aber sie rief es nicht laut, denn sie fürchtete selbst den Drachen zu wecken. Sie wollte auf Homchen stürzen, doch der Schrecken lähmte ihre Füße. In zitternder Angst hockten die Tiere auf den Steinen. Was wollte Homchen?

Ehe Homchen die schlafende Großechse verlassen, hatte es so viel Brennmaterial als möglich in der Nähe des Drachen zusammengeschleppt und wohlbedacht geordnet. Jetzt sprang es bis nahe an das Untier heran, ließ seinen Feuerbrand fallen und schrie so laut es konnte:

»Krecks! Krecks! Die Geister der Nacht wollen dich töten!«

Die Großechse bewegte sich im Halbschlaf.

Homchen wiederholte seinen Ruf. Dann nahm es den Feuerbrand wieder auf und sprang damit vor dem Kopfe der Großechse umher. Die riss die Augen auf und drückte sie wieder zu – das Funkeln der Flamme verwirrte sie, sie zitterte in Wut und bebte zugleich in Angst.

Die Tiere schrieen in Furcht auf ihren Plätzen, als sie Homchen so nahe bei dem Drachen erblickten. Aber nun lief Homchen ein Stück zurück und warf die Fackel in das Reisig und das trockne Gras. Die Flamme loderte auf, die feuchteren Stellen der Halde qualmten... Und die Großechse, von Hitze und Rauch bedrängt, richtete sich empor und drehte sich, furchtbar mit dem Schweife schlagend, im Kreise.

Homchen aber rannte weiter fort, dem Winde entgegen, und entzündete mit seinem Feuerbrande Gras und Gestrüpp der Halde.

Die Großechse schlug jetzt mit dem Schweife in die sie umgebenden Flammen. Sie brüllte vor Schmerz, und ein Funkenregen flog bei jedem Schlag in die Höhe und verbreitete den Brand und blendete ihre Augen. Und nun rannte das Untier blindlings geradeaus, auf die Tiere zu.

In wahnsinniger Angst, mit Geschrei und Gequiek, sprangen sie, ohne sich umzublicken, flüchtend dem Walde zu.

Der Großechse entgegen aber wälzte sich die Flamme. Nichts nutzten der Gewaltigen ihre Schläge, ihre Bisse. Der Qualm nahm ihr den Atem. Das Gebrüll hörte auf. Sie fiel zur Seite. Die Riesenglieder zuckten. Die Großechse starb...

Die Einsiedler

Nicht weit abwärts von der Wohnung des Feuers rinnt ein Bächlein von den Hügeln. An seinen Ufern grünt eine Wiese, und hohe Buchen stehen um den stillen Platz und entfalten die jungen Blätter im Sonnenschein.

Heiß liegt der Mittag über den weichen Halmen.

Und dort, den langen Hals ausgestreckt, die riesigen Glieder den warmen Strahlen darbietend, ruht der Iguanodon.

Von den Hügeln herab, auf den breiten Ästen von Baum zu Baum springend, kommt Homchen. Die Sprünge sind nicht mehr so weit und schnell wie auf der Wanderung nach der heißen Wolke, und als es sich jetzt in die Sonne auf die Wiese setzt, dem Iguanodon gegenüber, spielt sein Pelzchen ins Graue. Die großen Äugen leuchten freundlich und hell und manchmal ein wenig müde...

»Wie geht es dir heute, weiser Iguanodon?« fragte Homchen.

Der Iguanodon hob den Kopf und versuchte den Schweif zu bewegen.

»Ich will ihn nicht mehr heben«, antwortete er. »Aber merkwürdig, je weniger ich mich mit der Bewegung abgebe, um so besser geht es mit dem Denken. Ich habe nachgedacht.«

»Das tust du immer.«

»Es ist wahr. Aber weißt du, was ich gedacht habe? Ich habe gedacht, es war doch recht gut, dass ich dich nicht aufgespießt habe, wie ich eigentlich wollte, als ich die Großechse getötet hatte.«

»Ja, das war sehr gut, denn sonst hättest du gar nicht erfahren, dass die Großechse tot war.«

»Du hättest es mir nicht gesagt, wenn ich dich gespießt hätte?«

»Nein, dann hätte ich es dir nicht gesagt.«

»Dann hätte ich also selbst auf die Hügel steigen müssen, um die tote Großechse zu sehen.«

»Und das hättest du nicht gekonnt. Denn deine Wunden taten dir zu wehe.«

»Das ist richtig. Deshalb konnte ich dich auch nicht fangen, als du am Morgen auf die Wiese kamst.«

»Ja, und deshalb wolltest du mich auch nicht aufspießen. Aber warum hast du es später nicht getan?«

Der Iguanodon dachte nach. Dann sagte er:

»Später war es nicht mehr nötig. Denn erstens hast du dich wegen deiner früheren Frechheiten entschuldigt, und zweitens bist du doch aus dem Walde heraus auf die Wiese gekommen, wie ich es dir geboten habe.«

»Ja«, sagte Homchen, »ich musste dir doch beim Denken helfen. Deswegen war es wohl gut, dass du mich nicht gespießt hast?«

»Bilde dir nichts ein, Homchen. Es war nur gut, weil sonst niemand dagewesen wäre, dem ich meine Gedanken mitteilen konnte.«

»Das wäre freilich sehr schade gewesen.«

Ich habe das auch gedacht. Es hat mir etwas gefehlt, du warst in den letzten Tagen nicht hier. Wo warst du?«

»Ich war wieder einmal im Walde am Flusse, wo du früher wohntest.«

»Wo deine Verwandten wohnen ... Was tun sie?«

»Meine Eltern sind tot, das weißt du ja. Und die anderen, sie tun, was sie immer getan haben: sie essen Nüsse und Emsen und springen auf den Bäumen ...«

»Dass sie Emsen essen, kann ich nicht billigen. Warum verbietest du es ihnen nicht?«

»Du weißt, sie lassen sich nichts verbieten von mir. Sie wollen nichts von mir wissen. Sie fliehen vor mir und nennen mich den Holzsucher, den Schlangentöter, den Steppenbrenner, den Zauberer.«

»Ich habe auch darüber nachgedacht. Du hast mir erzählt, dass du die große Schlange gesucht hast, und dass sie dich beschützt, dass sie mit dir ist und, dass du sie den Deinen bringen wolltest. Aber sie mögen nichts von ihr wissen. Du hast viele Gefahren bestanden und bist über das Wasser geschwommen. Du wolltest die Deinen glücklich machen. Sie aber haben dich verstoßen. Nun sage mir, Homchen wozu das alles? Was wolltest du eigentlich? Ich verstehe es nicht, also versteht es niemand.«

»Und wenn es auch niemand versteht, so musste ich doch so denken und so handeln. Denn ich habe die Stimmen gehört der guten und klugen Tiere. Es wird eine Zeit kommen, da werden alle die Stimmen hören, und sie werden sie verstehen viel besser als ich, und noch viel mehr vernehmen. Aber die Zeit ist noch nicht da.«

»Du hast es falsch angefangen. Du brauchtest dir nicht so viel Mühe zu geben. Ich bin nicht zur heißen Wolke gewandert, ich habe auf meiner Wiese gesessen, und ich hätte doch die Tiere glücklich gemacht, wenn sie auf mich gehört hätten. Meine Zeit war allerdings auch noch nicht da, aber sie wäre gekommen, wenn – ja wenn – hierüber denke ich eben noch nach.«

»Weiser Iguanodon, diese Zeit wird nicht kommen. Es war eine Zeit, da waren die Echsen gewaltig, und diese ist vorüber. Nun kommt eine Zeit, da werden die Säuger gewaltig, das weiß ich gewiss. Die rote Schlange hat es mir gezeigt. Aber jetzt weiß ich, worin ich sie nicht richtig verstanden habe. Ich habe geglaubt, wenn einer die rote Schlange hört, wenn er das sieht, was einst alle verstehen werden, und das tut, was einst alle tun können, so werde er die Tiere gut und klug machen, so werde er das Neue, das Gewaltige in die Welt bringen, was die Macht gibt und die Freiheit. Und ich habe geglaubt, dass es dabei ankäme auf Wenige, auf Einen, und dass die anderen mitgerissen werden. Aber jetzt weiß ich, das ist falsch.

Der Schnellste mag die Tiere führen, die da laufen können; aber die Pflanzen des Waldes kann er nicht führen, die keine Beine haben, sondern Wurzeln. Meine Genossen werden noch viele, viele Geschlechter im Walde klettern, ehe sie lernen den Stein werfen und die Flamme tragen. Das kleine wird groß, aber nur ganz langsam. Ich kann nicht die junge Eiche ausstrecken, dass sie groß wird; sie muss aus sich herauswachsen durch Sommer und Winter. Das Kleine wird nicht groß dadurch, dass das Große hinzukommt; das Große muss aus dem Kleinen werden, durch das viele Kleine, auf dem es stehen kann. Wenn das Viele zu Einem wird, dann wird es groß. Meine Genossen müssen noch lange wachsen, ehe sie das Eine haben, was sie groß macht.«

Der Iguanodon hatte die Augen geschlossen und war ein wenig eingeschlafen. Jetzt, als Homchen schwieg, wachte er wieder auf und sagte:

»Schon gut, schon gut! Du weißt, ich bin kein Freund von langen Reden. Aber was hast du nun davon?«

»Ich habe gesehen, dass die Herrschaft der Echsen vertilgt ist. Ich weiß jetzt, dass ein Raum ist für die Welt, die mir die rote Schlange gezeigt hat. Ich weiß, dass das andere sein kann, was noch nicht ist. Vielleicht ist es nur darum so schön, weil es noch nicht ist. Dann habe ich doch das Schönste erlebt, weil es noch nicht ist. Und ich habe getan, was noch niemand getan hat, ich habe das Feuer getragen. Ich hab' es gehegt in meiner Höhle. Es wird vergehen. Aber einst wird es wiedererstehen, einst... Dann wird es kluge Tiere geben, die das Feuer nicht fürchten, da wird ein neues Homchen kommen... das braucht vielleicht das Feuer nicht zu nähren in der Höhlung, das kann es vielleicht herauslocken aus dem Stein oder Holz...«

Der Iguanodon bewegte langsam den Kopf:

»Ich habe das Feuer noch nicht gesehen, kein Tier mag es sehen.«

»Die das Feuer nicht fürchten, werden keine Tiere mehr sein, wie wir kleinen Beutler. Ich habe ihre Stimme gehört ...«

»Ist denn dein Feuer noch lebendig? Vielleicht bin ich doch das Tier, das kein Tier mehr ist. Ich gehe auf zwei Beinen, ich breche die Äste, ich denke nach. Ich habe nachgedacht. Ich will dein Feuer sehen.«

»Da müsstest Du dich beeilen, denn es wird nicht mehr lange brennen. Ich bin nicht mehr kräftig genug, um die Nahrung genügend herbeizutragen. Bräche der Sturm nicht die trockenen Äste in der Nähe, mein Feuer wäre schon längst verlöscht. Nun kann ich die schweren Äste nicht mehr schleppen. Das Feuer wird sterben. Und dann werde auch ich sterben.«

Homchen saß still und sah mit seinen großen Augen in die Weite. Der Iguanodon richtete sich auf. Er stöhnte, als er sich auf seinen Schwanz stützte. Homchen wusste nicht, was er wollte. Er sprang erschrocken beiseite.

»Fürchte dich nicht!« sagte der Iguanodon. »Du bist ein gutes Tier. Du sollst noch nicht sterben. Und ich will dein Feuer sehen. Ich bin noch stark genug. Ich werde bis an deine Höhle steigen. Sieh diese Arme. Sie sind gewaltig, sie brechen die große Buche am Waldrand. Ich will sie vor deine Höhle tragen, damit dein Feuer Nahrung hat. Zeige mir den Weg.«

Und der alte, steife Iguanodon begann zu schreiten. Langsam, vorsichtig. Zuweilen blieb er stehen. Dann trank er an dem klaren Bach. Homchen sprang voran. Allmählich gelangten sie bis an die Hügel. Homchen zeigte von fern auf die Höhle. Eine schwache Rauchsäule kräuselte sich über den Steinen.

Der Iguanodon sog die Luft ein. Ein Zittern ging durch seinen Körper. Dann sagte er mit einer seltsamen Stimme:

»Dort wohnt die rote Schlange. Ich will sie sehen. Ich fürchte mich nicht.«

Er schritt auf die alte, vermorschte Buche zu. Er umklammerte den größten Ast. Ein gewaltiger Ruck, ein schweres Stöhnen. Und nun noch ein Ruck. Ein lauter Krach. Der morsche Stamm bricht auseinander, die Äste stürzen, mit ihnen der Iguanodon. Er hatte seine Kraft überschätzt. Aber sein alter Eigensinn war noch lebendig. Er raffte sich auf. Der Schmerz machte ihn wütend. Er vergaß seinen Zustand und fasste den stärksten der Äste und, an nichts denkend als an sein Ziel, stieg er über die Halde gegen die Höhle.

Homchen war vorangesprungen, als es sah, dass der Iguanodon nicht zu halten war. Es wälzte einen Stein fort und warf den Rest seines Reisigvorrats auf das kümmerliche Feuer, dass es wieder hell auflohte. Noch hatte der Iguanodon, mit dem Aste beladen, die Flamme nicht gesehen. Nun war er dicht dabei. Homchen fürchtete, er werde ihm das Feuer zerwerfen, und rief: »Lege das Holz hin! Du bist nahe am Feuer!«

Da blickte der Iguanodon auf. Die Flamme flackerte licht empor. Seine Augen fielen auf das Wunder, er stutzte einen Augenblick, dann brach er mit dem schweren Aste zusammen.

Sein Körper zuckte vor Schmerz, bald aber ward er ruhig. Den Hals weit vorgestreckt lag er auf dem Boden. Seine Augen richteten sich starr auf die Flamme.

»Ich sehe sie, ich sehe sie, die rote Schlange«, begann er. »Ich fürchte mich nicht. Ich bin das klügste Tier.«

Ein neuer Schauer ging durch seinen Riesenleib. Doch er erhob den Kopf.

»Es ist ein großer Zauber«, sagte er wieder. »Die ihn haben, werden sehr mächtig sein. Ich kann die rote Schlange sehen. Ich bin das Tier, das da kommen wird – ich bin das glücklichste Tier…«

Die Augen fielen ihm zu, der Kopf sank zwischen die brechenden Zweige. Der letzte Iguanodon war tot.

Lange saß Homchen vor der Höhle.

Das Feuer brannte langsam weiter, es ergriff den herangeschleppten Baum, es wurde größer und größer – und Homchen konnte nichts dazu tun. Der Iguanodon hatte sich selbst den Scheiterhaufen errichtet.

Das Feuer sollte lange, lange brennen: das hatte er durch seine Riesenkraft gewollt. Nun brannte es rasch und immer rascher. Homchen stieg hinauf auf die Hügel. Und als die Nacht hereinbrach, sah es unten die verglimmende Glut…

Am Himmel gingen die leuchtenden Geister der Nacht ihren stillen Weg. Statt des Gekrächzes und Geschnarchs der Drachen hörte man das leise Rauschen des kalten Meeres. Aus der Dunkelheit winkte gespenstisch das gebleichte Gerippe der Großechse, ein Denkmal des Vergangenen.

Und die Sterne rückten weiter, und die Zeit ging hin, langsam – ganz langsam.

Homchen schloss die Augen und die geliebten Träume stiegen empor, und leise sprach es:

»Und das rollende Tier kommt doch!«